GAROTO encontra GAROTO

Obras do autor publicadas pela Galera Record

Nick e Norah: uma noite de amor e música, com Rachel Cohn
Todo dia
Will & Will: um nome, um destino, com John Green
Invisível, com Andrea Cremer
Garoto encontra garoto

DAVID LEVITHAN

GAROTO encontra GAROTO

Tradução de
Regiane Winarski

3ª edição

Galera

RIO DE JANEIRO
2015

CIP-BRASIL. CATALOGAÇÃO NA FONTE
SINDICATO NACIONAL DOS EDITORES DE LIVROS, RJ

L647g Levithan, David
3ª ed.   Garoto encontra garoto / David Levithan; tradução Regiane Winarski. – 3ª ed. – Rio de Janeiro: Galera Record, 2015.

Tradução de: Boy meets boy
ISBN 978-85-01-04777-9

1. Ficção americana. I. Winarski, Regiane. II. Título.

14-12665   CDD: 813
                                                     CDU: 821.111(73)-3

Título original em inglês:
Boy meets boy

Copyright © 2003, 2013 by David Levithan

Todos os direitos reservados. Proibida a reprodução, no todo ou em parte, através de quaisquer meios. Os direitos morais do autor foram assegurados.

Texto revisado segundo o novo Acordo Ortográfico da Língua Portuguesa.

Composição de miolo: Abreu's System

Direitos exclusivos de publicação em língua portuguesa somente para o Brasil adquiridos pela
EDITORA RECORD LTDA.
Rua Argentina 171 – Rio de Janeiro, RJ – 20921-380 - Tel.: 2585-2000, que se reserva a propriedade literária desta tradução.

Impresso no Brasil

ISBN 978-85-01-04777-9

Seja um leitor preferencial Record.
Cadastre-se e receba informações sobre nossos lançamentos e nossas promoções.

Atendimento e venda direta ao leitor:
mdireto@record.com.br ou (21) 2585-2002.

Para Tony
(mesmo ele só existindo em uma música)

Agradecimentos

Este livro nasceu como uma história que escrevi para meus amigos no Dia dos Namorados. Antes de tudo, ela ainda pertence a eles. Vocês todos devem saber quem são e tudo que representam para mim.

Quero agradecer às seguintes pessoas, que me inspiraram e encorajaram (sabendo ou não) enquanto eu escrevia esta história: Mike Rothman, Nancy Mercado, Eliza Sporn, Shira Epstein, Christopher Olenzak, Bethany Buck, Janet Vultee, Ann Martin, John Heginbotham, Edric Mesmer e Rodney Bender. Também devo muito a todos os escritores, editores e editores de produção com quem trabalhei, da BSC à PUSH. A fonte da dedicatória deste livro é a música "Tony", de Patty Griffin; sempre que precisei de motivação, eu só precisava apertar o botão *play* e ali estava ela.

Devo a Shana Corey, Brian Selznick e David Serlin pelo momento essencial que levou esta história a se tornar um livro. Também estou muito feliz por Chris Krovatin ter entrado na minha vida quando eu o estava terminando.

Muitos agradecimentos a Melissa Nelson pelo design incrível.

Todos os guarda-chuvas de Londres não poderiam me impedir de fazer chover elogios à minha editora, Nancy Hinkel.

Billy Merrell me dá alegria.

Meu mais profundo agradecimento vai para minha família e para meus amigos que são uma família. Cary Retlin, David Leventhal e Jennifer Bodner são o mundo para mim. E tenho orgulho de ser a interseção entre meu irmão Adam, minha sobrinha Paige e todos os Levithan, Golber, Streiter e Allen que conheço e amo. Meus pais são simplesmente os melhores.

Obrigado a todos.

E agora, lá vamos nós

São nove da noite de um sábado de novembro. Joni, Tony e eu estamos na cidade. Tony é da cidade vizinha e precisa sair. Os pais dele são extremamente religiosos. Nem importa qual é a religião; são todas iguais em determinado ponto, e poucas querem um garoto gay passeando com os amigos em um sábado à noite. Assim, todas as semanas, Tony nos conta histórias da Bíblia, depois aparecemos na porta da casa dele no sábado, bem versados em parábolas e sinceridade, e deslumbramos os pais dele com nossa pureza cegante. Eles dão uma nota de vinte para ele e dizem para aproveitar nosso grupo de estudos. Saímos para gastar o dinheiro em comédias românticas, brinquedos baratos e *jukeboxes* de lanchonete. Nossa felicidade é o mais próximo que vamos chegar de um Deus generoso, então concluímos que os pais de Tony entenderiam se não estivessem determinados a ver tantas coisas errado.

Tony tem que estar em casa à meia-noite, então estamos em uma missão Cinderela. Com isso em mente, ficamos de olho no baile.

Não há exatamente uma noite gay ou uma noite hétero em nossa cidade. Tudo se misturou um tempo atrás, o que eu acho melhor. Quando eu estava no segundo ano, os garotos gays mais velhos que não fugiam até a cidade grande para se divertir tinham que criar a própria distração. Agora, está tudo ótimo. A maior parte dos caras hétero tenta entrar discretamente no bar Queer Beer. Garotos que amam garotos flertam com garotas que amam garotas. E, independentemente de você curtir dança de salão ou punk sertanejo, as pistas de dança estão abertas para o que quer que você tenha a oferecer.

Essa é minha cidade. Morei aqui a vida toda.

Esta noite, nosso amigo gaystafari Zeke vai fazer um show em uma livraria de rede. Joni tem carteira de habilitação do estado onde a avó mora, então nos leva por aí no sedã da família. Abrimos as janelas e aumentamos o rádio; gostamos da ideia de nossa música se espalhando por todo o bairro, se tornando parte do ar. Tony está com uma cara de desesperado esta noite, então deixamos que controle o rádio. Ele coloca em uma estação de música folk deprê, e nós perguntamos o que está acontecendo.

— Não sei o que é — conta ele, e sabemos o que ele quer dizer. O vazio sem nome.

Tentamos alegrá-lo comprando para ele um Slurp-Slurp azul na loja de conveniência 24 horas da cidade. Cada um de nós toma um gole, para ver quem fica com a língua mais azul. Quando Tony começa a mostrar a língua junto de todo mundo, sabemos que ele vai ficar bem.

Zeke já está tocando quando chegamos à livraria na estrada. Ele montou o palco na seção de história europeia e, de tempos em tempos, cita nomes como Adriano e Copérnico no meio do rap mágico. O lugar está lotado. Uma garotinha na seção infantil coloca o Coelho Veludinho nos ombros para ele ver melhor. As mães dela estão bem atrás, de mãos dadas e balançando a cabeça com a melodia de Zeke. O grupo gaystafari se posicionou na seção de jardinagem, enquanto os três integrantes hétero do time masculino de lacrosse estão de olho em uma funcionária da livraria na seção de literatura. Ela não parece se importar. Seus óculos são da cor de alcaçuz.

Ando entre as pessoas com facilidade, cumprimentando algumas com a cabeça e dizendo ois sorridentes para outras. Adoro a situação, essa realidade flutuante. Sou um piloto solitário observando a terra de Namorados e Namoradas. Sou três notas no meio de uma música.

Joni segura a mim e Tony e nos puxa para a parte de autoajuda. Já tem umas pessoas com aspecto de monges ali, algumas tentando ignorar a música e aprender as Treze Maneiras de Ser uma Pessoa Eficiente. Sei que Joni nos trouxe aqui porque às vezes você precisa dançar como doido na seção de autoajuda de sua livraria local. Portanto, nós dançamos. Tony hesita, ele não é nenhum grande dançarino. Mas, como já falei um milhão de vezes para ele, quando se trata de dançar de verdade, não importa como você fica aos olhos dos outros, e sim a alegria que sente.

A música de Zeke é contagiante. As pessoas cantarolam e dançam umas com as outras. Dá para ver livros nas prateleiras em forma de caleidoscópio; fileiras rodopiantes de cores, palavras borradas passando.

Eu balanço. Eu canto. Eu me exalto. Meus amigos estão do meu lado, e Zeke está colocando os Huguenotes em sua melodia. Eu giro e derrubo alguns livros das prateleiras. Quando a música acaba, eu me inclino e os recolho.

Pego os livros no chão e fico cara a cara com um par de tênis bem legal.

— Isso é seu? — pergunta uma voz acima dos tênis.

Eu levanto o olhar. E ali está ele.

O cabelo aponta em dez direções diferentes. Os olhos são um pouco juntos demais, mas cara, são tão verdes. Tem uma marquinha de nascença no pescoço, no formato de uma vírgula.

Eu o acho maravilhoso.

Ele está me entregando um livro. *Enxaqueca é coisa da sua cabeça.*

Fico ciente da minha respiração. Fico ciente dos meus batimentos cardíacos. Fico ciente de que minha camisa está parcialmente para fora da calça. Pego o livro da mão dele e agradeço. Coloco de volta na prateleira. Não tem como a autoajuda me ajudar agora.

— Você conhece Zeke? — pergunto, indicando o palco.

— Não — responde o garoto. — Só vim procurar um livro.

— Sou Paul.

— Sou Noah.

Ele aperta minha mão. Estou tocando na mão dele.

Consigo sentir Joni e Tony mantendo distância, curiosos.

— *Você* conhece Zeke? — pergunta Noah. — As músicas dele são magníficas.

Repito a palavra em pensamento: *magníficas*. É como um presente para meus ouvidos.

— Conheço, nós estudamos juntos — digo casualmente.

— Na escola de ensino médio?

— Essa mesma.

Estou olhando para baixo. Ele tem mãos perfeitas.

— Eu também estudo lá.

— Estuda?

Não consigo acreditar que nunca o vi. Se eu o tivesse visto antes, teria registrado muito bem.

— Faz duas semanas. Você é formando?

Olho para os meus tênis Keds.

— Sou do primeiro ano.

— Legal.

Agora fico com medo de ele estar tentando me agradar. Não tem nada de legal em ser do primeiro ano. Até um garoto novo saberia disso.

— Noah? — interrompe outra voz, insistente e cheia de expectativa.

Uma garota aparece atrás dele. Está vestida com uma mistura letal de cores pastel. É nova, mas parece que poderia ser anfitriã da Rede de Travesseiros e Sofás.

— Minha irmã — explica ele, para meu alívio.

Ela sai andando. Está claro que é para ele segui-la.

Ele fica ali por um segundo. Nosso epílogo de arrependimento momentâneo. Em seguida, ele diz:

— Te vejo por aí.

Tenho vontade de dizer *espero que sim*, mas fico com medo de ser avançado *demais*. Sou capaz de flertar com os melhores, mas só quando não importa.

Isso de repente importa.

— A gente se vê — ecoo.

Ele vai embora quando Zeke começa outra música. Ao chegar à porta, se vira para olhar para mim e sorri. Sinto-me corar e florescer.

Agora, não consigo dançar. É difícil ter ritmo quando se tem coisas na cabeça. Às vezes, dá para usar a dança para lutar contra elas.

Mas não quero lutar contra isso.

Quero guardar comigo.

— E aí, você acha que ele é convidado do lado da noiva ou do noivo? — pergunta Joni depois do show.

— Acho que hoje as pessoas podem sentar onde quiserem — respondo.

Zeke está arrumando o equipamento. Ficamos encostados na frente da Kombi dele, apertando os olhos para transformarmos as luzes dos postes em estrelas.

— Acho que ele gostou de você — diz Joni.

— Joni — protesto —, você achava que *Wes Travers* gostava de mim, mas ele só queria copiar meu dever de casa.

— Isso é diferente. Ele ficou na seção de arte e arquitetura durante todo o tempo em que Zeke estava tocando. Mas você chamou a atenção dele, e ele se aproximou. Ele não estava atrás de autoajuda.

Olho para o relógio.

— Está quase na hora de virar abóbora. Onde está Tony?

Nós o encontramos ali perto, deitado no meio da rua, em uma ilha divisória adotada pelo clube Kiwanis da cidade.

Os olhos dele estão fechados. Ele está ouvindo a música do trânsito que passa.

Ando até a divisória e conto para ele que o grupo de estudos está quase no final.

— Eu sei — diz ele para o céu. E então, quando está se levantando, acrescenta: — Eu gosto daqui.

Tenho vontade de perguntar a ele *Onde é aqui?* É na ilha divisória, nesta cidade, neste mundo? Mais que qualquer coisa nessa vida estranha, quero que Tony seja feliz. Descobrimos muito tempo atrás que não era para nos apaixonarmos um pelo outro. Mas uma parte de mim ainda se esperançou com ele. Quero um mundo justo. E, em um mundo justo, Tony brilharia.

Eu poderia dizer isso para ele, mas ele não aceitaria. Deixaria na ilha em vez de dobrar e guardar com ele, só para saber que estava lá.

Todos nós precisamos de um lugar. Eu tenho o meu, essa coleção maluca de amigos, músicas, atividades pós-escolares e sonhos. Quero que ele também tenha um lugar. Quando ele diz "Eu gosto daqui", não quero que seja com tom triste. Quero poder dizer: *Então fique.*

Mas fico em silêncio porque a noite está silenciosa e Tony já está voltando para o estacionamento.

— O que é um Kiwanis? — grita ele por cima do ombro.

Digo para ele que parece um pássaro. Um pássaro de um lugar muito, muito distante.

— Oi, garoto gay. Oi, Tony. Oi, garota folk.

Nem preciso erguer os olhos da calçada.

— Oi, Ted — digo.

Ele andou até nós justo quando estamos prestes a ir embora. Consigo ouvir os pais de Tony a quilômetros, concluindo as orações noturnas. Eles estarão nos esperando em breve. O carro de Ted está bloqueando nossa passagem. Não por implicância. Por pura falta de atenção. Ele é o mestre da falta de atenção.

— Você está trancando nosso caminho — observa Joni do banco do motorista. A irritação dela não tem muito entusiasmo.

— Você está bonita hoje — responde ele.

Ted e Joni terminaram 12 vezes nos últimos anos. O que quer dizer que voltaram 11 vezes. Sempre sinto que estamos nos balançando no precipício da Volta Número 12.

Ted é inteligente e bonito, mas não usa isso de uma boa forma. É como uma pessoa rica que nunca dá dinheiro para caridade. O mundo dele raramente se expande além do espelho mais próximo. Mesmo no primeiro ano, ele gosta de pensar em si mesmo como o rei de nossa escola. Ele não parou para reparar que é uma democracia.

O problema com Ted é que ele não é perda total. Às vezes, das profundezas de seu egocentrismo, ele faz um comentário claríssimo e tão inteligente que você deseja ter sido um comentário feito por você. Um detalhe, mas que tem um efeito enorme. Principalmente com Joni.

— É sério — diz ela, com voz mais relaxada —, precisamos ir.

— Vocês ficaram sem capítulos e versículos pro grupo de estudos? "Senhor, enquanto caminho pelo vale da sombra da dúvida, me deixe ao menos usar um Walkman…"

— O Senhor é meu DJ — diz Tony solenemente. — E nada me faltará.

— Um dia, Tony, juro que vamos libertar você. — Ted bate no capô do carro para dar ênfase, e Tony faz uma reverência. Ted move o carro, e logo partimos.

O relógio de Joni diz que são 12h48, mas está tudo bem, pois estamos com uma hora a menos desde que o Horário de Verão acabou. Dirigimos na escuridão azul-negra, com o rádio suave agora e a hora passando lentamente de noite para sono.

Noah é uma lembrança enevoada na minha mente. Estou perdendo a forma como ele afetou meus nervos; a tontura agora se dissipando no ar lânguido, tornando-se um borrão misterioso de sentimentos bons.

— Como eu nunca o vi antes? — pergunto.

— Talvez você só estivesse esperando a hora certa para reparar — diz Tony.

Pode ser que ele esteja certo.

Paul é gay

Eu sempre soube que era gay, mas isso só se confirmou quando estava no jardim de infância.

Foi minha professora que falou. Estava lá, bem claro no meu boletim: PAUL É GAY SEM A MENOR SOMBRA DE DÚVIDA E TEM UMA BOA NOÇÃO DE SI MESMO. Vi na mesa dela um dia, antes da hora da soneca. E preciso admitir: eu poderia não ter percebido que era diferente se a Sra. Benchly não tivesse comentado. Afinal, eu tinha 5 anos. Simplesmente *supus* que garotos se sentiam atraídos por outros garotos. Por que outro motivo passariam todo o tempo juntos, jogando em times e rindo das garotas? Eu achava que era porque todos nós gostávamos uns dos outros. Ainda não sabia direito onde as garotas se encaixavam na história, mas achava que sabia que a coisa entre meninos era normal.

Imagine minha surpresa ao descobrir que eu não estava completamente certo. Imagine minha surpresa quando olhei todos os outros boletins e descobri que nenhum dos outros garotos foi rotulado de GAY SEM A MENOR SOMBRA DE DÚVIDA. (verdade seja dita, nenhum dos outros tinha UMA BOA NOÇÃO DE SI MESMO também). A Sra. Benchly me pegou na mesa dela e pareceu alarmada. Como eu estava mais do que um pouco confuso, pedi um esclarecimento.

— Eu sou gay sem sombra de dúvida? — perguntei.

A Sra. Benchly olhou para mim e assentiu.

— O que é gay? — indaguei.

— É quando um garoto gosta de outros garotos — explicou ela.

Apontei para o canto da pintura, onde Greg Easton lutava no chão com Ted Halpern.

— Greg é gay? — Quis saber.

— Não — respondeu a Sra. Benchly. — Pelo menos, ainda não.

Interessante. Eu achei tudo muito interessante.

A Sra. Benchly me explicou um pouco mais a questão toda dos garotos gostarem de garotas. Não posso dizer que entendi. A Sra. Benchly me perguntou se eu havia reparado que os casamentos são em sua maior parte compostos de homens com mulheres. Eu nunca tinha pensado em casamento com uma coisa que envolve gostar. Tinha simplesmente concluído que esse acordo homem-mulher era outra peculiaridade adulta, como usar fio dental. Agora, a Sra. Benchly estava me contando uma coisa bem maior. Uma espécie de conspiração global idiota.

— Mas não é isso que eu sinto — protestei. Minha atenção foi um pouco distraída porque Ted agora estava puxando a camisa de Greg Easton, e isso era bem legal. — O certo é o que sinto... certo?

— Pra você, sim — disse a Sra. Benchly. — O que sente é completamente normal pra você. Lembre-se sempre disso.

E eu lembro. Mais ou menos.

Naquela noite, segurei a grande notícia até meu bloco favorito da Nickelodeon acabar. Meu pai estava lavando a louça na cozinha. Minha mãe estava na sala comigo, lendo no sofá. Andei silenciosamente até ela.

— ADIVINHA! — pedi.

Ela deu um pulo, mas tentou fingir não ter sido surpreendida. Como ela não fechou o livro, só marcou a página com o dedo, eu soube que não tinha muito tempo.

— O quê? — perguntou ela.

— Eu sou gay!

Os pais nunca reagem da forma como você quer. Pensei que no mínimo minha mãe tiraria o dedo do livro. Mas não. O que ela fez foi se virar na direção da cozinha e gritar para o meu pai.

— Querido... Paul aprendeu uma palavra nova.

Meus pais demoraram alguns anos. Mas acabaram se acostumando.

Fora meus pais, Joni foi a primeira pessoa para quem contei.

Isso foi no segundo ano.

Estávamos debaixo da minha cama na hora. Estavamos lá porque Joni tinha ido brincar e debaixo da minha cama era o lugar mais legal da casa toda. Levamos lanternas e estávamos contando histórias de terror enquanto um cortador de grama zumbia lá fora. Fingimos que era o Anjo da Morte. Estávamos brincando de nosso jogo favorito: Evitar a Morte.

— Uma cobra venenosa acabou de morder seu braço esquerdo. O que você faz? — perguntou Joni.

— Eu tento sugar o veneno.

— Mas isso não dá certo. Ele está se espalhando pelo seu braço...

— Pego meu machado e corto o braço fora.

— Mas, quando você corta o braço fora, começa a sangrar até a morte.

— Eu tiro a camisa e amarro no cotoco pra estancar o sangramento.

— Mas um abutre sente cheiro de sangue e mergulha pra cima de você.

— Uso o braço direito pra pegar o braço esquerdo que cortei e com ele afasto o abutre!

— Mas...

Joni parou de falar. No começo, achei que a havia deixado sem reação. Mas ela se inclinou e fechou os olhos. Tinha cheiro de chiclete e graxa de bicicleta. Antes que eu percebesse, os lábios dela estavam se aproximando dos meus. Fiquei tão apavorado que me levantei. Como ainda estávamos debaixo da cama, bati com a cabeça no estrado.

Ela abriu os olhos rapidamente depois disso.

— Por que você fez isso? — Nós dois gritamos ao mesmo tempo.

— Você não gosta de mim? — perguntou Joni, claramente magoada.

— Gosto — respondi. — Mas, você sabe, eu sou gay.

— Ah. Legal. Desculpa.

— Tudo bem.

Houve uma pausa, e Joni prosseguiu.

— Mas o abutre puxa seu braço esquerdo da sua mão e começa a bater em você com ele...

Naquele momento, eu soube que Joni e eu seríamos amigos por muito tempo.

Foi com a ajuda de Joni que me tornei o primeiro representante de turma abertamente gay na história da classe de terceiro ano da Sra. Farquar.

Joni era gerente de campanha. Foi ela que criou o slogan: VOTE EM MIM... EU SOU GAY!

Achei que simplificava demais minha posição em relação aos problemas (a favor do recreio, contra a educação física), mas Joni disse que era garantia de conseguir atenção da mídia. No começo, ela queria que o slogan fosse VOTE EM MIM... EU SOU UM GAY, mas observei que isso poderia ser confundido com VOTE EM MIM... EU SOU UM GURI, o que certamente me faria perder votos. Assim, tiramos o UM, e a concorrência começou de verdade.

Meu maior oponente era (lamento dizer) Ted Halpern. O primeiro slogan dele foi VOTE EM MIM... EU NÃO SOU GAY, o que só o fez parecer sem graça. Depois, ele experimentou VOCÊ NÃO PODE VOTAR NELE... ELE É GAY, o que foi bem idiota, porque ninguém gosta de ouvir em quem pode (ou não pode) votar. Por fim, nos dias próximos à eleição, ele recorreu a NÃO VOTE NA BICHA. Alô? Joni ameaçou dar uma surra nele, mas eu sabia que ele tinha colocado a eleição nas nossas mãos. Quando chegou o dia, ele só ficou com os parcos votos dos caretinhas, enquanto eu fiquei com os votos das garotas, dos caras de mente aberta, dos alunos do terceiro ano que ainda estavam no armário e dos que odiavam Ted. Foi uma lavada, e, quando acabou, Joni bateu em Ted de qualquer jeito.

No dia seguinte, no almoço, Cody O'Brien trocou comigo dois bolinhos por uma caixa de uvas-passas, uma troca evidentemente injusta. No outro dia, dei para ele três Yodels em troca de um Fig Newton.

Foi meu primeiro flerte.

Cody foi meu par no baile semiformal do quinto ano. Ou pelo menos era para ter sido meu par. Dois dias antes do grande evento, brigamos por causa de uma fita de Nintendo que ele me pediu emprestado e perdeu. Sei que é uma coisa pequena demais para ser motivo de rompimento, mas a forma como ele lidou com a situação (mentindo! enganando!) foi sintomática de problemas maiores. Por sorte, nos separamos em termos amigáveis. Joni deveria ser meu par alternativo, mas me surpreendeu ao dizer que ia com Ted. Ela jurou para mim que ele tinha mudado.

Isso também foi sintomático de problemas maiores. Mas não havia como saber disso naquela hora.

No sexto ano, Cody, Joni, uma garota lésbica do quarto ano chamada Laura e eu formamos a primeira aliança gay-hétero de nossa escola de ensino fundamental. Para ser sincero, demos uma olhada ao redor e percebemos que as crianças hétero precisavam de nossa ajuda. Primeiro, elas estavam todas usando as mesmas roupas. Além do mais (e isso era crítico), não conseguiam dançar nem se fosse questão de vida ou morte. A pista de dança do baile poderia facilmente ser confundida com um aviário cheio de perus pré-Dia de Ação de Graças. Isso não era aceitável.

Por sorte, nosso diretor era cooperativo e nos permitia tocar um minuto ou dois de "I Will Survive" e "Bizarre Love Triangle" depois que o juramento à bandeira era lido todas as manhãs. A quantidade de integrantes da aliança gay-hétero em pouco tempo superou a do time de futebol americano (o que não quer dizer que não tenha havido integrantes em comum). Ted se recusou a entrar, mas não conseguiu impedir Joni de inscrevê-los em aulas de dança no recreio duas vezes por semana.

Como eu estava sozinho na época, e como estava começando a sentir que tinha conhecido todo mundo que havia para conhecer na nossa escola de ensino fundamental, eu costumava ir escondido com Laura para a sala de vídeo, onde víamos filmes de Audrey Hepburn até o sino do recreio tocar e a realidade nos chamar mais uma vez.

No oitavo ano, fui atacado por dois lutadores do ensino médio depois de uma exibição tardia de *Priscilla, a Rainha do Deserto* no cinema da cidade. No começo, achei que fosse um jeito estranho de preliminar, mas logo percebi que os grunhidos deles eram, na verdade, insultos: bicha, veado, o de sempre. Eu não aceitaria esse tipo de abuso verbal de estranhos; só Joni podia falar comigo daquele jeito. Por sorte, eu tinha ido ao cinema com um grupo de amigos da equipe de esgrima, e eles pegaram seus floretes e desarmaram os imbecis. (Depois disso, ouvi que um deles agora é drag queen em Columbus, Ohio. Gosto de pensar que tive alguma coisa a ver com isso.)

Eu estava aprendendo que a notoriedade vinha com uma certa reação oposta. Eu precisava tomar cuidado. Tinha uma coluna de comida gay no jornal local, "Jantando FORA", que estava fazendo sucesso moderado. Havia recusado vários pedidos para concorrer a representante do corpo estudantil, porque sabia que interferiria com minha direção do musical da escola (não vou entediar você com detalhes, mas só quero dizer que Cody O'Brien foi Auntie Mame por uma eternidade).

Em suma, a existência no segundo segmento do fundamental foi divertida. Eu não tinha uma vida tão fora do comum. A série costumeira de paixões, confusões e intensidades.

Mas então conheci Noah e as coisas ficaram complicadas. Percebo imediatamente, ao dirigir para casa depois do show de Zeke. De repente, me sinto mais complicado.

Não complicado ruim.

Só complicado.

O dilema da rainha do baile

Eu o procuro nos corredores na segunda-feira. Espero que ele também esteja me procurando.

Joni me promete que vai ser minha espiã na busca. Tenho medo de ela se deixar levar demais pelo trabalho e acabar arrastando Noah até mim pela orelha se o encontrar.

No entanto a ligação não acontece. Por mais que eu me afaste das conversas de corredor, nunca me afasto e esbarro nele. Os corredores estão tomados de pôsteres de Orgulho de Volta às Aulas e fofoca pós-fim de semana. Todos estão agitados; procuro meu Noah como procuraria um santuário de calmaria.

Mas acabo dando de cara com Infinite Darlene. Ou, mais precisamente, ela corre até mim. Há poucas visões mais esplendorosas às oito da manhã que um jogador de futebol americano de 1,90m andando pelos corredores de salto alto, uma peruca vermelha berrante e maquiagem mais do que exagerada. Se eu já não estivesse tão acostumado, poderia levar um susto.

— Tô tão feliz que encontrei você — exclama Infinite Darlene, falando como Scarlet O'Hara interpretada por Clark Gable. — As coisas estão uma confusão!

Não sei quando Infinite Darlene e eu ficamos amigos. Talvez tenha sido quando ela ainda era Daryl Heisenberg, mas isso não é muito provável; poucos de nós conseguem lembrar como Daryl Heisenberg era antes de Infinite Darlene consumi-lo tão completamente. Ele era um bom jogador de futebol americano, mas não chegava nem perto do talento de quando começou a usar cílios postiços.

As coisas não são fáceis para Infinite Darlene. Ser o *quarterback* principal e a rainha do baile tem seus conflitos. E às vezes ela tem dificuldade de se encaixar. As outras drag queens da nossa escola raramente se sentam com ela no almoço; dizem que ela não cuida bem das unhas, que fica musculosa demais de camiseta regata. Os jogadores de futebol americano são um pouco mais tolerantes, embora tenha havido um pouco de problema um ano atrás, quando Chuck, outro jogador do time, se apaixonou por Darlene e ficou deprimido quando ela disse que ele não era seu tipo.

Não fico alarmado quando Infinite Darlene diz que as coisas estão *uma confusão*. Para Infinite Darlene, as coisas estão sempre *uma confusão*; se não estivessem, ela não teria quase nada sobre o que falar.

Mas, desta vez, o dilema é verdadeiro.

— O técnico Ginsburg vai complicar minha vida — declara ela. — É a porcaria da apresentação de Orgulho de Volta às Aulas de hoje à tarde. Ele quer que eu entre com o resto do time. Mas, como rainha do baile, também tenho que *apresentar* o time. Se eu não fizer as apresentações devidas, minha tiara pode sofrer as consequências. Trilby Pope tomaria meu lugar, o que seria terrível, terrível, terrível. Os peitos dela são mais falsos que os meus.

— Você acha que Trilby Pope se rebaixaria assim? — pergunto.

— E por acaso o Papa é perverso? *É claro* que ela se rebaixaria assim. E teria problemas de gravidade pra se levantar.

Normalmente, Infinite Darlene age como se estivesse em um concurso perpétuo de simpatia. Mas Trilby Pope é seu ponto fraco. Elas eram boas amigas, capazes de recontar uma hora de atividades em três horas de conversa. Mas Trilby começou a andar com a galera do hóquei na grama. Tentou convencer Infinite Darlene a juntar-se a ela, mas a temporada do futebol americano era na mesma época. Elas se afastaram e seguiram para esportes diferentes, com grupos diferentes de amigos. Trilby começou a usar muita estampa xadrez, coisa que Infinite Darlene desprezava. Começou a andar com garotos de rúgbi. Tudo ficou muito tenso. Por fim, elas tiveram um rompimento de amizade: uma troca de bilhetes de sala de aula acalorados, dobrados em formato de armamento. Desviavam o olhar dramaticamente quando se cruzavam nos corredores. Trilby ainda está com alguns dos acessórios de Infinite Darlene, que elas costumavam emprestar uma para a outra. Infinite Darlene diz para todo mundo (exceto Trilby) que quer tudo de volta.

Minha atenção começa a se desviar da conversa. Ainda estou observando os corredores em busca de Noah, sabendo perfeitamente bem que, se eu o vir, provavelmente vou me esconder na entrada mais próxima, corando furiosamente.

— Preciso manifestar — exclama Infinite Darlene —, *o que* está te deixando tão distraído?

É aí que sinto o limite de nossa amizade. Porque enquanto Infinite Darlene se sente à vontade me contando tudo, tenho medo de que, se eu contar uma coisa para ela, essa coisa deixará de ser minha. Vai pertencer a toda a escola.

— Só estou procurando uma pessoa — digo, desviando do assunto.

— Não estamos todos? — murmura Infinite Darlene, com tristeza. Quando penso que me livrei das perguntas, ela acrescenta: — É alguém *especial*?

— Não é nada — respondo, cruzando os dedos.

Rezo para que seja alguma coisa. Sim, rezo para minha Grande Deusa Lésbica Que Não Existe de Verdade. Eu digo para ela: *Não estou pedindo muito. Juro. Mas eu realmente adoraria que Noah fosse tudo que eu espero que seja. Permita que ele seja alguém com quem eu possa me sintonizar e que queira se sintonizar comigo.*

Minha negação jogou Infinite Darlene de volta ao dilema. Eu digo que ela deveria marchar com o time de futebol americano usando os trajes de rainha do baile. Parece uma boa solução.

Infinite Darlene começa a assentir. Mas seus olhos veem alguma coisa por cima do meu ombro e brilham de raiva.

— Não olhe agora — sussurra ela.

É claro que me viro e olho. E ali está Kyle Kimball passando. Afastando-se de mim como se pudesse pegar peste de um único olhar bubônico.

Kyle é o único garoto hétero que beijei. (Ele não sabia que era hétero na época.) Saímos durante algumas semanas no ano passado, no nono ano. Ele é o único ex com quem não falo. Às vezes, até sinto que me odeia. É uma sensação muito estranha. Não estou acostumado a ser odiado.

— Ele vai aprender — afirma Infinite Darlene, quando Kyle entra em uma sala de aula. Ela está dizendo isso há um ano agora, sem nunca me falar com quem Kyle vai aprender. Ainda me pergunto se é para ser comigo.

Com alguns rompimentos, tudo em que você consegue pensar depois é o quanto acabou mal e o quanto a outra pessoa magoou você. Com outros, você fica sentimental quanto aos bons momentos e esquece o que deu errado. Quando penso em Kyle, os começos e os finais estão todos misturados. Vejo o rosto embevecido dele refletido na luz de uma tela de cinema; quando passei um bilhete para ele e ele o rasgou em pedacinhos sem nem ler; sua mão segurando a minha pela primeira vez, a caminho da aula de matemática; ele me chamando de mentiroso e fracassado; a primeira vez em que eu soube que ele gostava de mim, quando o peguei enrolando perto do meu armário antes de eu chegar lá; a primeira vez que percebi que ele não gostava mais de mim, quando fui devolver um livro que tinha pegado emprestado e ele se afastou instintivamente.

Ele disse que eu o enganei. Dizia isso para todo mundo.

Só algumas pessoas acreditaram nele. Mas não era o que elas pensavam que importava para mim. Era o que ele pensava. E se ele realmente acreditava.

— Ele é terrível — diz Infinite Darlene. Mas até ela sabe que não é verdade. Ele não é nada terrível.

Ver Kyle sempre tira um pouco do volume da minha trilha sonora. Agora, não estou mais flutuando em uma onda de Noah.

Infinite Darlene tenta me alegrar.

— Tenho chocolate — diz ela, enfiando a mão enorme na bolsa para pegar um mini Milky Way.

Estou sugando caramelo e nougat quando Joni chega até nós com o Relatório Noah do momento. Infelizmente, é igual aos últimos cinco.

— Não consegui encontrá-lo — diz ela. — Encontrei pessoas que sabem quem ele é, mas ninguém parece saber *onde* está. Chuck estava me ajudando antes, e Chuck disse que ele é desses tipos artísticos. Agora, vindo de Chuck, isso não foi um grande elogio, mas pelo menos me colocou na direção certa. Olhei no mural do lado de fora da sala de artes e encontrei uma foto que ele tirou. Chuck me ajudou a pegar.

Não fico alarmado pelo roubo de Joni; pegamos coisas das paredes e colocamos de volta o tempo todo. Mas meu dispositivo interno de segurança repara na quantidade de vezes que Joni citou Chuck. No passado, já consegui perceber que as coisas com Ted estavam ficando melhores quando Joni recomeçava a citá-lo. O fato de ser Chuck agora me deixou com o pé atrás.

Joni pega uma pequena foto emoldurada na bolsa. A moldura é da cor dos óculos de Buddy Holly e tem basicamente o mesmo efeito.

— Você tem que olhar de perto — avisa Joni.

Eu levo a foto para perto do rosto e ignoro meu próprio reflexo para ver o que há embaixo. A princípio, vejo o homem na cadeira mais no fundo da foto. Ele tem a idade do meu avô e está sentado em uma velha cadeira de balanço de madeira, rindo histericamente. E então percebo que está sentado em uma sala repleta de globos de neve. Deve haver centenas, talvez milhares de pequenos globos de plástico, cada um com um local indistinto. Globos de neve cobrem o chão, as bancadas, as prateleiras, a mesa ao lado do braço do homem.

É uma foto muito legal.

— Você não pode ficar com ela — diz Joni.

— Eu sei, eu sei.

Olho para ela por mais um minuto e devolvo.

Infinite Darlene ficou quieta durante toda a conversa. Mas está prestes a explodir de curiosidade.

— É só um cara — digo.

— Conte — insiste ela.

Então eu conto.

E sei enquanto falo que ele não é "só um cara". Houve alguma coisa em nossos dois minutos juntos que fez parecer que eles poderiam virar anos. Contar isso para Infinite Darlene não parece apenas me transformar em alvo de fofoca.

Não, parece meu coração inteiro em risco.

Orgulho e alegria

Joni, Ted e eu nos acomodamos para ver a apresentação de Orgulho de Volta às Aulas naquela tarde. É a primeira apresentação para a qual me sento na arquibancada. Isso acontece por conta de um acaso de horários. Nossa escola tem atividades e times demais para serem representados em cada evento de líderes de torcida, então, sempre que acontece uma apresentação, só alguns grupos recebem destaque. Pediram que eu levasse meu grupo de teatro desta vez, mas achei que tal reconhecimento poderia estragar nossa arte por colocar a personalidade na frente do desempenho, por assim dizer. Como resultado, estou nas arquibancadas do ginásio tentando medir o barômetro Joni e Ted. Neste momento, parece que a pressão está alta. Ted fica olhando para Joni, mas Joni não está olhando tanto para Ted.

Ele se vira para mim.

— Já encontrou seu namorado? — pergunta ele.

Entro em pânico e olho ao redor para ver se Noah está ali por perto. Por sorte, não está.

Estou começando a questionar se ele realmente existe.

A secretária do diretor se levanta, vai até o microfone e começa a apresentação. Todo mundo sabe que quem manda de verdade na escola é ela, então faz mais sentido ela liderar as coisas aqui também.

As portas do ginásio se abrem, e as líderes de torcida entram em suas Harleys. A multidão vai à loucura.

Acredito que somos a única escola de ensino médio nos Estados Unidos com uma equipe de líderes de torcida motoqueiras. Mas eu poderia estar enganado. Alguns anos atrás, foi decidido que ter um bando de motocicletas fazendo barulho pelos campos e quadras empolgava mais a torcida que qualquer coreografia com pompom. Agora, em uma exibição de coreografia complicada, as Harleys percorrem o ginásio, começando com uma pirâmide na forma de uma ave de migração, depois se espalhando em giros e ângulos. Para o encerramento, as líderes de torcida aceleram todas ao mesmo tempo e pulam de uma rampa decorada com o nome da nossa escola. Elas são recompensadas com uma chuva de aplausos.

A apresentação já está cumprindo sua missão. Sinto orgulho de ser aluno da minha escola.

A equipe de tênis é a próxima a entrar. Meu irmão e sua amiga Mara são os campeões de duplas, então são muito bem recebidos. Tento gritar alto para que Jay consiga ouvir minha voz no meio da multidão. Ele está no último ano agora, e sei que começou a ficar triste porque tudo vai acabar. Ano que vem, ele estará na equipe de tênis de uma faculdade. Não vai ser a mesma coisa.

Depois que a equipe de tênis entrou e foi aplaudida, a banda cover da escola chega para tocar. As estatísticas da banda cover são melhores que as da equipe de tênis; na Competição de Bandas Cover de Dave Matthews do ano passado, eles foram até a final com o cover da Dave Matthews Band fazendo cover de "All Along the Watchtower", mas foram vencidos por uma banda cover que tocou "Typical Situation" plantando bananeira. Agora, eles começam a tocar um cover de "One Day More", de *Les Misérables*, e admiro a versatilidade do vocalista.

Após o bis, uma versão de "Personal Jesus" do Depeche Mode, a secretária do diretor pede silêncio e apresenta o rei e rainha do baile deste ano. Infinite Darlene entra usando um vestido de baile cor-de-rosa, coberto parcialmente pela camisa de futebol americano. O rei do baile, Dave Sprat, está de braço dado com ela, mais de 30 centímetros mais baixo (se você contar os saltos).

Infinite Darlene está segurando um microfone portátil que pegamos emprestado na van de Zeke, para poder apresentar e desfilar ao mesmo tempo. Quando a banda cover da escola começa uma versão *skacore* de "We Are the Champions" (não repudiamos *totalmente* a tradição), os integrantes do time de futebol americano fazem uma fila para a apresentação deles.

Eu me inclino na direção de Joni. Ela está com os olhos fixos em Chuck.

Sinceramente, não sei por quê. Chuck é um jogador do time de futebol americano que se apaixonou por Infinite Darlene e ficou todo chateado quando ela não retribuiu o sentimento. Ficou muito amargo, bem pior que Ted em seus piores momentos. Ted, pelo menos, consegue perder a cabeça sem perder o senso de humor. Não tenho certeza se Chuck é igual. Queria que Tony estudasse na nossa escola, para que eu pudesse erguer minha sobrancelha e ouvir a opinião dele sobre a situação.

Ted não parece reparar para onde o olhar de Joni a leva. Está olhando para outro lugar.

— É ele? — pergunta Ted.

Como é Ted, aponta diretamente para uma pessoa na arquibancada do outro lado do ginásio. Aperto os olhos para identificar os rostos na multidão, penso que ele está apontando para

Kyle, que fica um tanto absorto no aplauso para os jogadores de futebol americano enquanto Infinite Darlene os apresenta. Mas então percebo que Ted aponta mesmo para algumas fileiras acima.

Vejo um assento vazio. E, ao lado dele, vejo Noah.

Ele me sente olhando. Eu juro. Olha diretamente para mim.

Ou talvez esteja olhando para Ted, que ainda está apontando.

— *Abaixe o dedo* — digo por entre dentes trincados.

— Calma — fala Ted, movendo o dedo no ar, como se não estivesse apontando para Noah. Eu tento fingir com ele.

Quando toda a confusão de apontar acaba, vejo que Noah ainda está onde estava um segundo atrás. Não sei por que pensei que teria desaparecido. Acho que não acredito que essas coisas podem ser fáceis, apesar de não saber por que têm que ser difíceis.

Joni desviou a atenção de Chuck por tempo o bastante para entender o que está acontecendo.

— Não fique só sentado aí — diz ela.

— Se você não for até lá, eu vou. E vou contar pra ele sobre sua paixonite — avisa Ted. Não sei se ele está brincando ou não.

A fronteira entre pressão dos colegas e coragem é muito tênue. Como sei que Joni e Ted não vão me deixar sair dessa, sigo para o lado do ginásio onde Noah está. Uma das professoras me lança um olhar de "fique no seu lugar", mas faço um gesto de descaso. Nos alto-falantes, consigo ouvir a voz cristalina de Infinite Darlene:

— E agora, apresento o *quarterback*... o melhor... o único... *EU*.

Olho para as pessoas. Todas aplaudem, menos algumas das drag queens mais elitistas, que fingem desinteresse.

Eu me abaixo atrás das arquibancadas e sigo para a escada. Fico pensando no que vou dizer. Fico me perguntando se vou fazer papel de bobo.

Só consigo sentir intensidade. Minha mente batendo em sincronia com meu coração. Meus passos oscilando com minhas esperanças.

Chego ao pé da arquibancada. Perdi a noção de espaço. Não consigo encontrar Noah. Olho de novo para Joni e Ted. Para minha vergonha, os dois apontam o caminho certo. A apresentação do futebol americano acabou e a equipe de boliche cultural se prepara para entrar. Infinite Darlene está aproveitando a última rodada de aplausos. Posso jurar que ela pisca quando olha para mim.

Concentro-me no assento ao lado de Noah. Não me concentro no cabelo maluco e bacana, nem nos sapatos azuis de camurça, nem nas gotas de tinta nas mãos e braços.

Estou ao lado dele.

— Tem alguém sentado aqui? — pergunto.

Ele olha para mim. E, depois de um segundo, abre um sorriso.

— Oi — diz ele. — Andei procurando você por toda parte.

Não sei o que dizer. Estou tão feliz e tão assustado.

As arquibancadas gritam quando a equipe de boliche cultural é anunciada. Eles entram correndo na quadra, jogando bolas nos pinos enquanto respondem perguntas sobre a teoria da relatividade de Einstein.

— Eu também andei procurando você — acabo por comentar.

Ele diz:

— Legal.

E é legal. Tão legal.

Eu me sento ao lado dele enquanto a plateia aplaude o capitão da equipe de boliche cultural, que acabou de fazer um *strike* enquanto listava as obras completas das irmãs Brontë.

Não quero assustá-lo dizendo todas as coisas que estão me assustando. Não quero que ele saiba o quanto isso é importante. Ele precisa sentir a importância sozinho.

Então, eu digo:

— Sapatos legais.

E conversamos sobre sapatos azuis de camurça e a loja de roupas onde ele compra as dele. Conversamos enquanto o time de badminton faz suas petecas voarem. Conversamos enquanto o grupo de culinária francesa faz um suflê perfeito. Rimos quando despenca.

Procuro sinais de que ele me compreende. Quero que minhas esperanças se confirmem.

— Que tremenda serendipidade, não é? — pergunta ele.

Quase caio da cadeira. Acredito firmemente em serendipidade, quando as peças aleatórias se unem em um maravilhoso momento, quando de repente você vê qual era o propósito delas o tempo todo.

Conversamos sobre música e descobrimos que gostamos dos mesmos gêneros. Conversamos sobre filmes e descobrimos que gostamos dos mesmos tipos.

— Você existe mesmo? — digo de repente.

— Claro que não — responde ele, com um sorriso. — Sei disso desde que eu tinha 4 anos.

— O que aconteceu quando tinha 4 anos?

— Ah, eu tinha uma teoria. Apesar de que acho que era novo demais pra saber que era uma teoria. Sabe, eu tinha uma amiga imaginária. Ela me seguia pra todo lado. Tínhamos que colocar um lugar pra ela na mesa, ela e eu conversávamos o tempo todo, esse tipo de coisa. Mas então me ocorreu que ela não era a amiga imaginária. Conclui que *eu* era o amigo imaginário, e ela era a pessoa real. Fez total sentido pra mim. Meus pais discordaram, mas ainda sinto secretamente que estou certo.

— Qual era o nome dela? — pergunto.

— Sarah. E o seu?

— Thom. Com *h*.

— Pode ser que eles estejam juntos agora.

— Ah, não. Deixei Thom na Flórida. Ele jamais gostou de viajar.

Não estamos falando muito seriamente um com o outro, o que é um ponto positivo sério. A tinta nas mãos dele não é bem roxa e nem bem azul. Tem uma gota de vermelho em um dos dedos dele.

A secretária do diretor está com o microfone de novo. A apresentação está quase acabando.

— Estou feliz de você ter me encontrado — diz Noah.

— Eu também.

Sinto vontade de flutuar, porque é simples assim. Ele está feliz que eu o encontrei. Eu estou feliz que o encontrei. Não temos medo de dizer isso. Estou tão acostumado com insinuações e mensagens contraditórias, com dizer coisas que podem significar mais ou menos o que querem dizer. Joguinhos e competições, papéis e rituais, falar em 12 línguas ao mesmo tempo para que as verdadeiras palavras não fiquem tão óbvias. Não estou acostumado com a verdade direta e sincera.

Fico simplesmente impressionado.

Acho que Noah percebe isso. Ele está olhando para mim com um sorriso inteligente. As outras pessoas na fileira estão de pé e se acotovelando agora, esperando que nós dois saiamos para poderem chegar ao corredor e dar continuidade ao dia. Eu quero que o tempo pare.

O tempo não para.

— Dois sessenta e três — diz Noah.

— ?!??? — respondo.

— O número do meu armário — explica ele. — Vejo você depois da aula.

Agora não quero que o tempo pare. Quero que se adiante uma hora. Noah se tornou meu *até*.

Quando estamos saindo do ginásio, consigo ver Kyle me lançar um olhar. Não ligo. Joni e Ted vão estar esperando debaixo da arquibancada para ouvirem o relatório completo.

Posso resumir em uma palavra:

Felicidade.

Tráfego de corredor
(resulta em complicações)

A autoestima pode ser tão exaustiva. Tenho vontade de cortar o cabelo, mudar de roupa, apagar a espinha quase na ponta do meu nariz e melhorar a definição dos músculos do meu braço, tudo na próxima hora. Mas não posso fazer isso, porque (a) é impossível, e (b), se eu fizer qualquer uma dessas mudanças, Noah vai perceber que mudei, e não quero que ele saiba o quanto estou a fim dele.

Espero que o Sr. B possa me salvar. Rezo para que sua aula de física de hoje me hipnotize de tal maneira que eu acabe esquecendo o que me espera no final. Mas, enquanto o Sr. B pula pela sala com entusiasmo antigravitacional, não consigo me juntar ao circo dele. *Dois sessenta e quatro* se tornou meu novo mantra. Repasso o número mentalmente, torcendo para que me revele alguma coisa (além de ser um número de armário). Repasso minha conversa com Noah e tento transcrevê-la na memória, pois não ouso escrevê-la no caderno.

A hora passa. Assim que o sinal toca, pulo da cadeira. Não sei onde fica o armário 264, mas não tenho a menor dúvida de que vou encontrar.

Mergulho no corredor congestionado e desvio dos reencontros com tapinhas nas costas e movimentos em direção a armários. Vejo o armário 435; estou no corredor completamente errado.

— Paul! — grita uma voz.

Não há Pauls suficientes na minha escola para que eu possa supor que o grito é chamando outra pessoa. Com relutância, eu me viro e vejo Lyssa Ling prestes a puxar minha manga.

Já sei o que ela quer. Lyssa Ling nem fala comigo se não for para pedir que eu entre em algum comitê. Ela é a chefe do comitê da escola para escolher comitês, sem dúvida por ser tão boa nisso.

— O que você quer de mim agora, Lyssa? — pergunto. (Ela está acostumada com isso.)

— O Baile Aristocrático — diz ela. — Quero que você planeje todinho.

Fico mais do que um pouco surpreso. O Baile Aristocrático é muito importante na nossa escola, e planejá-lo significaria ficar no comando de toda a decoração e de toda a música.

— Pensei que Dave Davison fosse fazer isso — digo.

Lyssa suspira.

— Ele ia. Mas me veio com um papo todo gótico.

— Legal.

— Não. Não é legal. Temos que dar liberdade para as pessoas vestirem qualquer coisa que não seja preto. E aí, você está dentro ou não?

— Posso pensar um tempo?

— Por 16 segundos.

Eu conto até 17 e digo:

— Estou dentro.

Lyssa assente, fala alguma coisa sobre colocar o orçamento no meu armário amanhã de manhã e sai andando.

Sei que vai ser um orçamento um tanto elaborado. O baile foi criado trinta e tantos anos atrás, depois que uma viúva aristocrata local deixou uma cláusula no testamento de que a escola faria todo ano um baile elegante em sua homenagem. (Ao que parece, era uma tremenda dançarina na sua época.) A única coisa que temos que fazer é colocar o retrato dela em posição proeminente e (é aí que fica meio esquisito) fazer com que ao menos um garoto do último ano dance com ele.

No começo, fico distraído por ideias de temas. Mas lembro o motivo de minha existência pós-aula e continuo na direção do armário 264... até que sou parado por minha professora de inglês, que quer me elogiar por minha leitura de Oscar Wilde na aula do dia anterior. Não tenho como dispensá-la, e também não posso dispensar Infinite Darlene quando me pergunta como foi o papel duplo na apresentação de Orgulho da Volta às Aulas.

Os minutos estão passando. Espero que Noah esteja igualmente atrasado e que cheguemos ao armário dele ao mesmo tempo, numa dessas maravilhosas ligações do destino que parecem sinais de grandes coisas a caminho.

— Oi, Romeu.

Ted está ao meu lado agora, por sorte sem parar enquanto fala.

— Oi — repito.

— Pra onde você está indo?

— Pro armário 264.

— Não é no segundo andar?

Eu dou um grunhido. Ele está certo.

Subimos a escada juntos.

— Você viu Joni? — pergunta ele.

Às vezes, sinto como se o destino fosse ditado pela ironia (ou, pelo menos, por um senso de humor muito distorcido). Por exemplo, se eu estou ao lado do namorado vai-e-vem de Joni e ele diz "Você viu Joni?", o passo óbvio seguinte seria chegar ao topo da escada e ver Joni em um abraço frontal de corpo inteiro com Chuck, à beira de um beijo sério.

Joni e Chuck não nos veem. Os olhos deles estão fechados com paixão e expectativa. Todos fazem uma pausa para olhar. Eles são como um sinal vermelho no tráfego do corredor.

— *Vaca* — sussurra Ted, chateado. Em seguida, desce a escada correndo.

Sei que Noah está me esperando. Sei que Joni devia saber o que vi. Sei que não gosto tanto assim de Ted. Porém, mais do que saber todas essas coisas, sei que tenho que correr atrás de Ted para ver se ele está bem.

Ele fica vários passos à minha frente, empurrando as pessoas para passar de corredor em corredor, de virada em virada, esbarrando e derrubando mochilas dos ombros das pessoas e evitando os olhares dos vagabundos de porta de armário. Não consigo entender para onde está indo. Mas acabo percebendo que ele não tem nenhum destino em particular em mente. Só está andando. Andando para longe.

— Ei, Ted — grito. Estamos em um corredor vazio, bem em frente da carpintaria.

Ele se vira para mim, e há um brilho conflitante nos olhos dele. A raiva quer afogar o choque e a depressão.

— Você sabia disso? — Ele me pergunta.

Eu balanço a cabeça negativamente.

— Então você não sabe há quanto tempo eles estão juntos?

— Não. É novidade pra mim.

— Tanto faz. Não ligo. Ela pode ficar com quem quiser. Eu não estava interessado mesmo. Nós terminamos, sabe.

Concordo com um movimento de cabeça. Eu me pergunto se ele consegue mesmo acreditar no que está dizendo. Ele se trai com o que diz em seguida.

— Eu achava que jogadores de futebol americano não eram o tipo dela.

Concordo, porém Ted não está mais ouvindo.

— Tenho que ir — diz ele.

Gostaria que houvesse alguma outra coisa para eu dizer, alguma coisa que o faça se sentir mesmo que um pouco melhor.

Olho para o relógio. Já se passaram 17 minutos desde o final da aula. Uso uma escada diferente para chegar ao segundo andar. Os números de armário são decrescentes: 310... 299... 275... 264.

Não tem ninguém.

Olho ao redor em busca de Noah. Os corredores estão quase desertos agora; todo mundo ou foi para casa ou foi para suas atividades. A equipe de corrida passa correndo por mim no treino de corrida de corredor. Espero mais cinco minutos. Uma garota que nunca vi antes, com cabelo verde-claro como melão, passa por mim e diz:

— Ele foi embora uns dez minutos atrás. Parecia decepcionado.

Eu me sinto fracassado. Arranco uma folha do livro de física e escrevo um pedido de desculpas. Faço cinco rascunhos até ficar satisfeito de ter conseguido parecer interessado e interessante sem parecer completamente idiota. O tempo todo fico torcendo para ele aparecer. Enfio o bilhete no armário 264.

Volto para o meu armário. Joni não está em canto nenhum, o que é uma coisa boa. Não consigo nem começar a pensar no que vou dizer para ela. Consigo entender por que ela esconderia a novidade com Chuck de Ted. Mas não consigo entender por que nunca me contou. Magoa.

Quando fecho a porta do meu armário, Kyle passa por mim.

Ele assente e diz oi. Até quase sorri.

Estou arrasado.

Ele continua andando e não se vira.

Minha vida é louca, e não há absolutamente nada que eu possa fazer sobre isso.

Encontrando línguas perdidas

— Talvez ele estivesse cumprimentando alguém — digo.

Duas horas se passaram, e estou conversando com Tony, contando o drama para a única pessoa que não estava lá.

— E o sorriso... bem, talvez fosse só gases — acrescento.

Tony concorda de forma evasiva.

— Não sei por que Kyle começaria a falar comigo de novo. Não fiz nada de diferente. E ele não é o tipo de cara que muda de ideia sobre esse tipo de coisa.

Tony meio que dá de ombros.

— Eu queria poder ligar pro Noah, mas não sinto intimidade o bastante pra isso. Será que ele ia saber quem eu sou se eu ligasse? Será que ia reconhecer meu nome ou minha voz? Dá pra esperar até amanhã, né? Não quero parecer neurótico demais.

Tony concorda de novo.

— E Joni? O que ela estava pensando, se pegando com Chuck no meio do corredor daquele jeito? Será que digo isso pra ela ou finjo que não sei e conto secretamente o número de vezes que ela fala comigo antes de me contar, me ressentindo de cada minuto que passa sem ela me falar a verdade?

Tony meio que dá de ombros de novo.

— Sinta-se à vontade pra palpitar a qualquer momento — falo para ele.

— Não tenho muito a dizer — responde ele, dando de ombros levemente de novo, desta vez pedindo desculpas.

Estamos em minha casa, fazendo o dever de casa um do outro. Tentamos fazer isso o mais frequentemente que conseguimos. Da mesma forma que é mais legal arrumar o quarto de outra pessoa do que o seu, fazer o dever do outro é uma forma de fazer com que acabe mais rápido. No começo da nossa amizade, Tony e eu descobrimos que tínhamos caligrafias parecidas. O resto veio naturalmente. Claro, estudamos em escolas diferentes e temos trabalhos de casa diferentes. Esse é o desafio. E o desafio é o que importa.

— Sobre que livro é este trabalho, afinal? — pergunto a ele.

— *Ratos e homens.*

— Você quer dizer "George, por favor, posso fazer carinho nos coelhinhos"?

— É.

— Legal, já li esse.

Começo a escrever uma frase inicial enquanto Tony folheia um dicionário francês-inglês para terminar meu dever de francês. Ele faz espanhol.

— Você não parece muito surpreso com Joni — digo.

— Percebi que ia acontecer — responde ele, sem tirar os olhos do dicionário.

— Sério? Você imaginou Ted e eu dando de cara com ela no corredor?

— Bem, não essa parte.

— Mas Chuck?

— Bem, também não essa parte. Mas pense só. Joni gosta de ter namorado. E, se não é Ted, vai ser outra pessoa. Se esse tal de Chuck gosta dela, há boas chances de ela gostar dele também.

— E você aprova isso?

Desta vez, ele olha diretamente para mim.

— Quem sou eu pra aprovar ou reprovar? Se ela está feliz, bom pra ela.

Há um tom infeliz na voz de Tony, e não preciso pensar muito para saber o motivo. Tony nunca teve namorado. Nunca se apaixonou. Não sei exatamente por quê. Ele é bonito, inteligente e divertido, um pouco melancólico... só qualidades atraentes. Mas ainda não encontrou o que procura. Nem sei se sabe o que procura. Na maior parte das vezes, ele congela. Tem uma paixonite silenciosa, ou até sai com alguém que tem potencial para namorado, e então, antes mesmo de começar, acaba.

— Não deu certo — diz para nós, e fica nisso.

Esse é um dos motivos para eu não querer ficar falando sobre Noah com ele. Apesar de eu ter certeza de que ele está feliz por mim, acho que a minha felicidade não se traduz em felicidade para ele. Preciso de outra forma para dar força a ele. Recorro a falar em uma língua inexistente.

— *Hewipso faqua deef?* — pergunto a ele.

— *Tinsin rabblemonk titchticker* — responde ele.

Nosso recorde fazendo isso são seis horas, incluindo uma ida longa ao shopping. Não sei como começou; um dia, estávamos andando e fiquei cansado de falar nossa língua. Então começei a juntar consoantes e vogais aleatoriamente. Sem hesitar, Tony começou a me responder da mesma forma. O estranho é que sempre nos compreendemos. O tom e os gestos dizem tudo.

Conheci Tony dois anos atrás, na Strand, em Nova York. É uma das melhores livrarias do mundo. Nós dois estávamos procurando um exemplar de segunda mão de *The Lost Language of Cranes*. A prateleira estava a 2,50 metros de altura, então tínhamos que nos revezar na escada. Ele foi primeiro, e, quando desceu com um exemplar, eu perguntei se havia outro lá. Surpreso, ele me disse que havia um segundo exemplar e até subiu de novo para pegar para mim. Depois que desceu, ficamos juntos por um minuto, e eu perguntei se ele tinha lido *Equal Affections* ou *A Place I've Never Been*, e ele disse que não, que *The Lost Language of Cranes* era seu primeiro. Depois, foi até os enormes livros de fotografia enquanto eu me perdi nos de ficção.

E teria sido só isso. Jamais nos conheceríamos, jamais teríamos sido amigos. Mas, naquela noite, quando entrei no trem para casa, vi-o sentado sozinho em uma poltrona numa área com três, já na metade do livro que nós dois compramos.

— O livro é bom? — perguntei, quando cheguei ao espaço do corredor ao lado dele.

Primeiro, Tony não percebeu que eu estava falando com ele. Mas então ergueu o rosto, me reconheceu e deu um meio-sorriso.

— É muito bom — respondeu ele.

Eu me sentei, e conversamos um pouco mais. Descobri que ele morava na cidade ao lado da minha. Nós nos apresentamos. Ficamos à vontade. Percebi que estava nervoso, mas não sabia por quê.

Um cara bonito, alguns anos mais velho que nós, passou pelo vagão. Nós dois ficamos olhando.

— Caramba, ele era bonito — comentei, depois que ele saiu.

Tony hesitou por um momento, sem saber o que fazer. Em seguida, sorriu.

— É, ele era bonito. — Como se estivesse revelando seu segredo mais profundo.

E, de várias maneiras, estava mesmo.

Continuamos confabulando. E talvez tenha sido por sermos estranhos, ou talvez porque havíamos comprado o mesmo livro e achado que o mesmo garoto era bonito. Mas foi bem fácil conversar. Andar de trem é movimento só para a frente; nosso diálogo seguiu como se estivesse sobre trilhos, sem preocupação com trânsito ou caminho. Ele me contou sobre a escola dele, que não era como a minha, e sobre os pais, que não eram como os meus. Não usou a palavra *gay*, e eu não precisei que usasse. Ficou subentendido. Essa viagem clandestina era secreta e especial para ele. Tony dissera aos pais que ia para um retiro de igreja. E subiu num trem para visitar as portas abertas da cidade aberta.

Agora, o poder das luzes diminuía sobre a cidade. Os pastos serpenteavam na escuridão até que as cidades menores apareceram, depois as casas com jardins e piscinas de plástico. Conversamos o caminho todo até em casa, com uma cidade de distância uma da outra.

Pedi o número do telefone dele, mas ele me deu um endereço de e-mail. Era mais seguro assim. Falei para ele me ligar a qualquer momento, e fizemos planos. Em outras circunstâncias, isso teria sido o começo de um romance. Mas acho que nós dois sabíamos, mesmo naquele momento, que o que tínhamos era uma coisa ainda mais rara e ainda mais importante. Eu seria seu amigo e mostraria possibilidades a ele. E ele, em troca, se tornaria alguém em quem posso confiar mais do que em mim mesmo.

— *Diltaunt aprin zesperado?* — pergunta Tony agora, me vendo perdido em pensamento.

— *Gastemicama* — respondo decididamente.

Estou bem.

Tenho dificuldade de me concentrar no dever de Tony com tantas coisas em que pensar. De alguma forma, consigo escrever três páginas antes de meu irmão descer e oferecer uma carona a Tony. De todos os meus amigos, Tony é o que Jay mais gosta. Acho que eles têm silêncios compatíveis. Consigo imaginá-los a caminho da casa de Tony sem dizer nada. Jay respeita Tony, e respeito Jay por causa disso.

Já sei que Tony não vai me dar nenhum conselho sobre o que fazer com Noah, Joni e Kyle. Não é que ele não se importe (tenho certeza de que se importa). Ele só gosta que as pessoas cuidem das suas coisas.

— *Lifstat beyune hegra* — diz ele ao sair. Mas o tom dele não dá pistas. Tchau? Boa sorte? Ligue pra Noah?

Não sei.

— *Yaroun* — respondo.

Tchau. Nos vemos amanhã.

Volto para o meu quarto e termino o dever de casa. Não olho o que Tony escreveu. Tenho certeza de que está ótimo.

Passo o resto da noite em um torpor televisivo. Pela primeira vez em muito tempo, não ligo para Joni. E Joni não liga para mim.

É assim que eu sei que ela sabe que eu sei.

Conversas pendentes

Na manhã seguinte, procuro Noah, mas encontro Joni.

— Temos que conversar — diz ela. Eu não discuto.

Ela me puxa para uma sala de aula vazia. As grandes figuras da história, como Eleanor Roosevelt, Mahatma Gandhi, Homer Simpson, nos olham de pôsteres na parede.

— Você nos viu. Ted nos viu.

Não é uma pergunta, então não preciso responder.

— O que está acontecendo? — pergunto. Subentendida nesta pergunta, há uma bem maior: *Por que você não me contou?*

— Eu não estava esperando que isso acontecesse.

— Que parte? Se apaixonar por Chuck ou ter que admitir?

— Não fique hostil.

Eu suspiro. Sinais prematuros de atitude defensiva não são bons.

— Olha — digo —, você sabe tão bem quanto eu o que Chuck fez depois que Infinite Darlene o rejeitou. Ele destruiu o armário dela e falou mal dela pra escola inteira.

— Ele estava magoado.

— Ele estava surtado, Joni. — (Não tenho a intenção de dizer isso; apenas sai. É um ato falho.)

Joni me lança um olhar que conheço muito bem, o mesmo olhar de quando ela tingiu o cabelo de vermelho no sexto ano e tentei fingir, sem sucesso, que tinha ficado bom; o mesmo olhar de quando tentei convencê-la (depois do primeiro rompimento) de que voltar com Ted não era uma boa ideia; o mesmo olhar de quando confessei que tinha medo de nunca encontrar um namorado que me amasse como eu o amava. É um olhar que acaba com todas as conversas. É um olhar que insiste: *você está errado.*

Somos melhores amigos há tempo demais para brigar por causa disso. Nós dois sabemos.

— E então, você conversou com Ted? — pergunto.

— Eu queria conversar com você primeiro.

Acho que ela está fazendo a coisa errada. Minha intuição quanto a isso é clara: Chuck é péssima ideia. Mas sei que não tem nada que eu possa fazer para convencê-la a mudar de ideia. Não sem provas.

— Então você é, tipo, *namorada* de Chuck agora?

Joni geme.

— Isso ainda veremos, tá? E como você está indo com seu Garoto Misterioso?

— Preciso encontrar ele de novo.

— Você o perdeu?

— Acho que perdi.

Eu me despeço de Joni e sigo para o armário de Noah. Vejo Infinite Darlene e passo escondido por ela. Tenho certeza de que, a essa altura, ela já ouviu sobre Joni e Chuck, e tenho certeza de que vai ter muito a dizer sobre isso.

Também passo por Sete e Oito nos corredores, com as cabeças inclinadas delicadamente um na direção do outro, as vozes impossíveis de ouvir. Seus nomes verdadeiros são Steve e Kate, mas ninguém os chama assim há anos. Eles começaram a namorar no segundo ano e nunca se separaram. São o um por cento do um por cento que se conhece cedo e nunca precisa encontrar outra pessoa. Não tem como explicar.

Noah está esperando ao lado do armário. Não, melhor mudar isso. Ele está *de pé* ao lado do armário. Não há sinal na postura e nem no olhar de que esteja esperando alguém.

— Oi — digo. Observo a expressão dele em busca de reação Surpresa? Felicidade? Raiva?

Não consigo interpretá-lo.

— Oi — diz ele, e fecha o armário.

— Me desculpe por ontem — prossigo. — Você recebeu meu bilhete?

Ele balança a cabeça. Fico um pouco desconcertado.

— Ah. Coloquei um bilhete no seu armário. Tentei chegar aqui logo depois da aula, mas dez mil coisas me atrapalharam. Eu queria muito estar aqui.

Ele também não conseguiu me interpretar. A confusão fica evidente no rosto de Noah. Ele não sabe se estou sendo sincero.

— Armário 264, certo?

— Duzentos e sessenta e três.

Ops. Peço desculpas em nome da minha memória patética e pergunto o que ele fez ontem à noite, tentando levar a situação a uma conversa.

— Pintei um pouco de música. E você?

— Ah, eu combati um incêndio na floresta. — Quando não tenho nada de interessante para dizer, costumo tentar inventar alguma coisa interessante. Então, faço uma última tentativa de impressionar: — E comecei a pensar no Baile Aristocrático. Vou planejar tudo.

— O que é o Baile Aristocrático? — pergunta ele.

Eu tinha esquecido que ele é novo na escola. Não faz ideia do que estou falando.

Até onde ele sabe, eu apago mesmo incêndios na floresta no meu tempo livre.

Começo a dar respostas, a explicar o Baile Aristocrático e a fúria de organização de Lyssa Ling. Mas, em vez de dar respostas, quero fazer perguntas. O que ele quer dizer com "pintou um pouco de música"? Está feliz por eu estar aqui? Quer que eu pare de falar? Porque fico falando sem parar. Estou contando para ele sobre a vez, no sexto ano, em que Lyssa Ling tentou vender bagels com bilhetes da sorte dentro para arrecadar dinheiro e que a remessa foi trocada, e recebemos os bagels da sorte que deveriam ter ido para uma despedida de solteiro, com bilhetinhos pornográficos no meio da massa. É uma história engraçada, mas estou conseguindo deixá-la chata. Não posso parar no meio, então vou até o fim. Noah não sai andando nem cochila, mas também não está curtindo a história. Nem eu estou conseguindo prestar muita atenção.

— Graças a Deus encontrei você!

Não é Noah quem diz isso. É Infinite Darlene, bem atrás de mim.

— Estou interrompendo? — pergunta ela.

Eu gosto de verdade de Infinite Darlene. Mas, dentre todos os meus amigos, ela costuma ser a última que apresento a pessoas novas. Tenho que prepará-las. Porque Infinite Darlene não causa a melhor das primeiras impressões. Ela parece muito cheia de si. E *é*. Só depois que você passa a conhecê-la melhor é que percebe que, de alguma forma, ela conseguiu abranger todos os amigos em sua própria autoimagem. Portanto, quando ela age cheia de si, na verdade está cheia dos amigos mais íntimos também.

Não há como eu esperar que Noah compreenda isso.

Tento lançar um olhar a Infinite Darlene para que ela perceba que está interrompendo sem ter que falar em voz alta.

Não dá certo.

— Você deve ser aquele garoto de quem Paul gosta — diz ela para Noah.

Eu fico vermelho como o Elmo.

— E cara — continua Infinite Darlene —, você é bonito.

Na primeira vez que Infinite Darlene falou comigo assim, eu gaguejei por dias. Noah sorri e age normalmente.

— E todas as garotas desta escola são legais como você? — pergunta ele. — Se sim, tenho certeza de que vou gostar daqui.

Ele olha diretamente para ela ao dizer isso. E consigo perceber que até Infinite Darlene está um pouco surpresa, porque fica claro que ele a está vendo exatamente como ela quer ser vista. Poucas pessoas fazem isso.

Com duas frases, ele conseguiu ganhar minha amiga mais crítica.

Estou espantado.

Também estou envergonhado pela declaração de Infinite Darlene em relação a meus sentimentos por ele. Claro, sou delicado como as costas de um camelo... mas eu ainda estava tentado ganhá-lo com meu próprio plano doce (fosse lá qual fosse).

É claro. Infinite Darlene só deixa passar um segundo antes de atacar de novo.

— Esse boato horrível e cruel que ouvi é verdade? Me conte delicadamente.

— Você se importa se eu fizer um pequeno desvio? — pergunto a Noah, e acrescento rapidamente: — Por favor, fique.

— Tudo bem — diz ele.

Com isso resolvido, encaro Infinite Darlene. De saltos, ela é facilmente 15 centímetros mais alta que eu. Em um esforço para dar a notícia delicadamente, falo com o queixo dela.

— Parece que Joni começou alguma coisa com...

— Pare! — interrompe Infinite Darlene, dando um passo para trás e levantando a mão. — Não aguento mais. Por que, Paul? *Por quê?*

— Não sei.

— Ele não presta.

Não vou discutir com um capitão de futebol que tem unhas compridas.

— Será que não ensinei *nada* a ela? — Está claro que Infinite Darlene está exasperada. — Eu *sei* que ela tem mau gosto. Mas isso é como lamber a sola do salto alto.

Fica óbvio que Infinite Darlene ainda sente alguma hostilidade em relação a Chuck.

— Tenho que encontrar essa garota e abrir os olhos dela — conclui Darlene.

Faço uma tentativa exagerada de dissuadi-la, mas nós dois sabemos que não vou conseguir de jeito nenhum. Ela sai bufando.

— Amiga sua? — pergunta Noah de sobrancelha erguida.

Eu faço que sim com a cabeça.

— Aposto que ela é sempre assim.

Concordo de novo.

— Eu me sinto muito calmo em comparação.

— Todos nos sentimos — garanto. — É o tipo de coisa com que eu estava lidando ontem quando deveria estar aqui.

— Isso acontece com frequência?

— Não essa coisa específica, mas normalmente tem alguma coisa assim.

— Você acha que conseguiria escapar da crise por algumas horas esta tarde?

Como Infinite Darlene acabou com meus esforços de ser discreto tão claramente, decido me arriscar.

— Você não está me chamando só porque gosto de você?

Ele sorri.

— A ideia jamais cruzou meu pensamento.

Não dizemos mais nada além disso. Ou melhor, é claro que dizemos coisas; fazemos planos e tal. Mas o assunto "nós" fica reduzido a sinais e vontades.

Fazemos planos para depois da aula.

Vou ajudá-lo a pintar um pouco de música.

Pintando música

A casa de Noah fica numa parte diferente da cidade, mas o bairro parece igual. Cada casa tem um capacho enorme de gramado na frente, com a entrada de carros de um lado e uma cerca do outro. Deveria ser tedioso e previsível, mas não é. As casas são personalizadas, com gerânios dando cor à escada de entrada, um par de janelas pintadas em harmonia com o céu azul. No jardim de Noah, as cercas são do formato de lâmpadas. É legado do dono anterior, ele me conta.

Noah mora bem perto da escola, então andamos pelas ruas sinuosas juntos. Ele me pergunta há quanto tempo moro na cidade, e digo para ele que morei aqui minha vida toda.

— Como é isso? — pergunta ele.

— Não tenho nada com que comparar — digo, depois de pensar por um momento. — Isto é tudo que eu conheço.

Noah explica que a família dele se mudou quatro vezes nos últimos dez anos. Essa é para ser a última parada; agora os pais dele viajam a trabalho em vez de fazer a família toda se mudar para a cidade mais próxima onde fica a sede da empresa.

— Fico tão deslocado — confessa Noah.

— Você está aqui agora — digo para ele.

Se minha família fosse se mudar (sinceramente, não consigo imaginar, mas estou declarando isso aqui por uma mera questão de argumento), eu acho que nós demoraríamos uns três anos para desempacotar todas as caixas. Mas a família de Noah já botou tudo no lugar. Entramos pela porta da frente, e fico impressionado com o quanto tudo está imaculado. A mobília está encaixada ao novo lar; a única coisa que falta na casa é bagunça. Entramos na sala de estar, e parece uma daquelas de uma casa onde não mora ninguém.

Seguimos para a cozinha para comer alguma coisa. A irmã de Noah está sentada, prestando atenção à mesa no canto, como um pai ou mãe esperando tarde da noite que o filho volte para casa.

— Você está atrasado — diz ela. — Perdeu a ligação da mamãe.

Ela deve estar no oitavo ano, talvez sétimo. Tem idade suficiente para passar maquiagem, mas ainda não descobriu como usar direito.

— Ela vai ligar de novo? — pergunta Noah.

— Talvez.

Fim de conversa.

Noah pega a correspondência na mesa e olha os catálogos e malas diretas em busca de alguma coisa importante.

— Paul, esta é minha irmã, Claudia — diz ele, enquanto separa o reciclável do não reciclável. — Claudia, este é Paul.

— É um prazer conhecer você — digo.

— É um prazer conhecer você também. Não magoe ele como Pitt magoou, tá?

Noah está irritado agora.

— Claudia, vá para o seu quarto — diz ele, e desiste da correspondência.

— Você não manda em mim.

— Não consigo acreditar que você acabou de dizer isso. Quantos anos você tem, 6?

— Me desculpe, mas não foi você quem acabou de dizer "vá para o seu quarto"? E, aliás, Pitt acabou com você. Ou você já esqueceu?

Está na cara que Noah não esqueceu. E nem Claudia, para crédito dela.

Satisfeita pela virada na conversa, Claudia deixa o assunto de lado.

— Acabei de fazer uma jarra de *smoothie* — diz ela, enquanto se levanta da mesa. — Podem tomar um pouco, mas deixem pelo menos metade.

Depois que ela sai, Noah me pergunta se eu tenho uma irmãzinha. Respondo que tenho um irmão mais velho, que não é a mesma coisa.

— São métodos diferentes de te dar uma surra — diz Noah.

Eu concordo.

Depois de beber um pouco da mistura de manga, cereja e baunilha de Claudia, Noah me leva pela escada de trás até o quarto dele.

Antes de chegarmos à porta, ele diz:

— Espero que você não se importe com esquisitices.

Na verdade, eu nunca tinha pensado muito antes em esquisitices.

Mas aí eu vejo o quarto de Noah e entendo exatamente o que ele quer dizer.

Não sei como começar, nem a olhar para ele, nem a descrever. O teto é uma espiral de praticamente todas as cores que você puder imaginar. Mas não parece ter sido pintado com cores diferentes; parece que elas apareceram ao mesmo tempo, como um todo. Uma das paredes é coberta de carrinhos de brinquedo colados em direções diferentes, com uma cidade e ruas desenhados ao fundo. A coleção de música está sobre um balanço pendurado no teto; o som fica em um pedestal de cartões postais de lugares absurdos: Botsuana, o aeroporto internacional de Kansas City, uma convenção de Elvis. Os livros se alinham em prateleiras independentes penduradas em ângulos diferentes na parede verde-mar. Eles desafiam a gravidade, como bons livros devem fazer. A cama ocupa o meio do quarto, mas pode ser empurrada sobre as rodinhas para qualquer canto sem esforço. As persianas são feitas de velhas embalagens de chiclete, arrumadas em um certo padrão.

— Você fez isso tudo em dois meses? — pergunto.

Demorei 15 anos para decorar meu quarto, e não é tão complicado e nem... esquisito. Eu gostaria que fosse.

Noah assente.

— Como não conheço muita gente aqui, acho que tive tempo.

Ele vai até o som, aperta alguns botões e dá um sorriso meio nervoso.

— Isso é muito legal — digo para ele. — É um quarto muito legal. O meu não chega nem perto.

— Duvido — declara ele.

Não é que eu não perceba a estranheza do momento. Eu percebo que nós dois não nos conhecemos de verdade. E, ao mesmo tempo, tem aquela energia reconfortante e indefinida que nós dois estamos sentindo, que intuitivamente nos diz que *deveríamos* nos conhecer. Ao me mostrar o quarto dele, ele está me dando um vislumbre de sua alma. Estou nervoso quanto a retribuir.

No meio da parede com livros em ângulos há uma porta muito estreita, que não pode ter mais de 60 centímetros de largura.

— Por aqui — diz Noah, levando-me naquela direção.

Ele a abre e deixa à mostra uma série de camisas. Em seguida, desaparece lá dentro.

Eu vou atrás. A porta se fecha atrás de mim. Não tem luz.

Seguimos pelo armário, que é estranhamente profundo. Por ser tão estreito, as roupas de Noah estão penduradas em camadas. Passo pela fileira de camisas e me vejo envolto em dois suéteres.

— Estamos indo para Nárnia? — pergunto.

Passo a engatinhar espremido para segui-lo por uma passagem que parece de ventilação. Logo, as pernas dele se esticam para cima; ele está de pé em uma nova passagem, subindo por uma escada de corda na direção de um alçapão. Pelo que sei, estamos indo para um canto do sótão. Mas não tenho como ter certeza.

Quando o alçapão é levantado, a luz cai sobre nós. Estou cercado de tijolos. Estou no meio de uma velha chaminé.

No alto da escada de corda há um quarto branco. Tem uma janela, um armário e dois alto-falantes. Há também um cavalete no meio do quarto, com um quadrado branco de papel esperando.

— É aqui que eu pinto — diz Noah, enquanto monta um segundo cavalete. — Mais ninguém pode vir aqui. Meus pais me prometeram isso quando nos mudamos. Você é a primeira pessoa a ver o lugar.

O chão está manchado: rastros de tinta, pontos e formas. Até as paredes brancas têm indicações de vermelho, azul e dourado. Noah não parece se importar.

Estou um pouco preocupado, pois, na última vez que pintei, havia números no papel me dizendo que cores usar. Sou ótimo em rabiscos, mas, fora isso, meu repertório artístico é bem limitado.

— Jesus morreu por nossos pecados — diz Noah solenemente.

— O quê?!? — eu respondo, e sufoco meus pensamentos.

— Eu só estava vendo se você estava ouvindo. Seu rosto ficou distante por um segundo.

— Bem, agora estou de volta.

— Que bom. — Ele me entrega um vaso com pincéis e uma bandeja de gelo com tintas. — Agora podemos começar.

— Espere! — eu protesto. — Não sei o que fazer.

Ele sorri.

— Apenas escute a música e pinte. Siga o som. Não pense em regras. Não se preocupe em fazer perfeito. Apenas deixe a música te levar.

— Mas e as instruções?

— Não existem outras instruções.

Ele anda até os alto-falantes e os liga na parede. A música começa a entrar no aposento como um aroma perfumado. Um piano soa em uma cadência de jazz. Um trompete começa a tocar. E então, a voz, uma voz maravilhosa, começa a cantar.

"There's a somebody I'm longing to see..."

— Quem é? — pergunto.

— Chet Baker.

Ele é maravilhoso.

— Não se perca nas palavras — diz Noah, pronto para pintar. — Siga os sons.

A princípio, não sei o que isso quer dizer. Mergulho o pincel em um roxo aveludado. Levo até a tela e escuto a música. A voz de Chet Baker é sinuosa, flutuante. Encosto o pincel no papel e tento fazê-lo voar em sincronia com a música. Mexo-o para baixo e para cima. Não estou pintando uma forma. Estou pintando a melodia.

A música continua. Lavo o pincel e experimento cores diferentes. O amarelo girassol sai em pedaços, enquanto o vermelho tomate flerta com as linhas do roxo. Outra música começa. Pego um azul da cor dos oceanos.

"... *I'm so lucky to be the one you run to see...*"

Fecho os olhos e acrescento o azul à minha pintura. Quando os abro, olho para Noah e vejo que ele estava me encarando. Acho que sabe que entendi.

Outra música. Agora, sou capaz de ver coisas na minha pintura: uma indicação de asa, um contorno de maré.

Noah me surpreende ao falar.

— Você sempre soube? — pergunta ele.

Sei imediatamente de que ele está falando.

— Basicamente, sim — respondo. — E você?

Ele assente, ainda com os olhos na tela e com o pincel numa marca azul.

— Tem sido fácil pra você?

— Tem — digo para ele, porque é a verdade.

— Nem sempre foi fácil pra mim — conta ele, e não fala mais nada.

Paro de pintar e o observo por um momento. Ele está concentrado na música agora, mexendo o pincel em arco. Parece completamente sincronizado com o trompete que faz um solo acima da batida. O humor dele se reflete em azul-marinho. Será que é o coração partido que o deixa triste (lembro-me do comentário da irmã dele na cozinha), ou será que é outra coisa?

Ele sente minha imobilidade e se vira para mim. Tem alguma coisa na expressão dele no momento antes de falar... Não consigo dizer se é vulnerabilidade ou dúvida. Será que está inseguro com ele mesmo ou comigo?

— Quero ver o que você fez — diz ele.

Eu balanço a cabeça.

— Só quando a música acabar.

Mas, quando a música acaba, ainda não estou satisfeito.

— Não parece certo — digo para ele, quando a música seguinte começa.

— Me deixe ver — diz ele.

Parte de mim quer bloquear a visão dele, esconder o que criei. Mas eu deixo que ele veja mesmo assim.

Ele fica de pé ao meu lado, olhando para a música que eu pintei. Quando fala, o trompete de Chet Baker acentua suas palavras.

— Isto é esplêndido — diz ele.

Ele está tão perto de mim. Só consigo sentir a presença dele. Está no ar ao nosso redor, na música ao nosso redor e em todos os meus pensamentos.

Ainda estou segurando o pincel. Ele estica a mão até a minha e o levanta com delicadeza.

— Aqui — sussurra ele, me guiando sobre o papel, deixando uma trilha marrom.

"It's only twilight, I watch 'til the star breaks through…"

O pincel cobre a distância. Nós dois sabemos quando termina. Nossas mãos se abaixam juntas, ainda segurando-o.

Não soltamos.

Ficamos ali olhando. Com a mão dele sobre a minha. Nossa respiração.

Deixamos tudo não dito.

A música termina. Outra começa. Esta é bem mais animada.

"Let's get lost…"

Nossas mãos se separam. Eu me viro para Noah. Ele sorri, anda até o próprio cavalete e pega o pincel. Eu vou atrás para espiar por cima do ombro dele.

Estou atônito.

A pintura não é abstrata. Ele só usou uma cor, um verde quase preto. A mulher na pintura está dançando de olhos fechados. Ela é tudo que Noah desenhou, mas você só precisa ver o corpo dela para entender o que está acontecendo. Ela está em uma pista de dança, e está dançando sozinha.

— Uau — murmuro.

Ele se vira com timidez.

— Vamos terminar — diz ele.

Assim, eu volto para o meu cavalete e piso nas marcas de tinta que já deixei no chão. Nós nos perdemos nas músicas mais uma vez. Em algum momento, ele canta junto brevemente. Eu não paro para ouvir, só trabalho na minha tela. Meus grupos de cores estão se encontrando com a dançarina dele em algum lugar no meio do quarto. Não precisamos falar para estarmos cientes da presença um do outro.

Ficamos assim até o crepúsculo colorir a janela e a hora me chamar para casa.

Abanando o rabo para Chuck

— E aí, você o beijou? — É a primeira coisa que Joni pergunta.

Ela nunca demora para ir direto ao ponto. Vai me fazer todas as perguntas sobre Noah que eu não vou fazer a ela sobre Chuck.

Não sou desses que faz e conta, mas Joni sabe sobre todos os garotos que já beijei. Algumas vezes, contei dois minutos após o acontecido; outras vezes, o assunto surgiu anos depois, como uma forma de eu provar que ela não sabe *tudo* sobre mim. Desde meu primeiro beijo em Cody na brincadeira de girar a garrafa até o beijo final e conflitante de despedida em Kyle, Joni é a pessoa com quem compartilho as histórias. Portanto, não é surpresa ela me fazer perguntas agora, no telefone, 15 minutos depois de eu chegar da casa de Noah.

— Não é da sua conta — digo.

— Isso aí é um "não é da sua conta" sim ou um "não é da sua conta" não?

— Eu não quero contar pra você.

— Portanto, é não.

Não sei como explicar a ela. Não é que eu não quisesse beijar Noah. E acho que ele queria me beijar. Mas deixamos o momento se prolongar no silêncio. A promessa de um beijo vai nos levar adiante.

Como não falo mais nada, Joni deixa o assunto de lado. Para minha surpresa, ela escolhe Kyle como assunto.

— Kyle falou com você? — pergunta ela, de uma forma que deixa claro que Kyle falou com *ela*.

— Dizer oi no corredor conta?

— Bem, é um passo.

Joni sempre gostou de Kyle. Ela adorava as confusões, as mágoas, a perplexidade dele... as mesmas coisas que eu gostava nele, assim como seu charme natural e sinceridade. Quando essas coisas se viraram contra mim, acho que Joni ficou quase tão magoada quanto eu. Ela havia me confiado a Kyle. Ele decepcionou a nós dois.

A questão é que Joni superou bem mais facilmente que eu. Acho que a mágoa é essencialmente uma emoção de experiência. Quando Kyle começou a falar de moral e integridade, ela estava disposta a acreditar nele. É verdade que ele começou a sair com garotas, mas esses relacionamentos raramente duravam mais que um curso preparatório para o vestibular. Depois que eles terminavam, jamais continuavam amigos.

— Acho que ele quer falar com você. Eu *sei* que ele quer falar com você.

— Sobre o que ele poderia querer falar?

— Acho que está se sentindo mal — comenta Joni.

Eu me pergunto o que quer dizer *se sentindo mal* nessa situação em particular. Não consigo imaginar que seja o mesmo *se sentindo mal* de quando você empresta seu suéter favorito e ultraconfortável para o seu namorado e o vê usando-o enquanto diz que o único sentimento que tem por você no momento é irritação, e então usando de novo uma semana depois ao passar por você no corredor, fingindo que não existe enquanto flerta com a única garota que ficou atrás dele durante todo o tempo em que vocês estavam juntos. Não pode ser o mesmo *se sentindo mal* de saber que o suéter, o que deixava você com a melhor aparência, o que fazia você se sentir melhor, o que você agora tem medo que ele esteja usando quando o encontra entre as aulas, está no fundo de um armário, onde ele nem dá a menor importância, ou foi dado para alguma outra pessoa que ele fingiu amar.

Talvez eu precise polir meu traço vingativo, mas não quero que ele se sinta ruim assim. Porque eu o vi, e notei a solidão por trás dos olhos dele, a forma como ele para nos corredores, sem saber para onde dar o próximo passo.

Como ele me fez me sentir invisível, passei meses desejando que desaparecesse. Agora, parece que consegui metade do meu desejo. Sua alma se foi. O corpo ficou.

— Como ele está? — pergunto a Joni, apesar de meus instintos.

— Não sei se está feliz. Mas tem um gato.

— Um gato? — Até onde sei, Kyle odeia animais.

— Ele pegou um de rua.

— Que irônico — digo, apesar de saber que Kyle é uma das poucas pessoas da nossa escola que não usa a ironia a cada vez que respira.

— Chuck também tem um gato — oferece Joni.

Essa é a forma de me dizer que quer falar sobre Chuck, é claro.

Eu me preparo.

— Ele não é tão ruim — diz ela.

— Quem? Kyle? — Não vou tornar isso fácil. É meu direito como melhor amigo dela.

— Não, Chuck. Gosto mesmo dele.

— Tenho certeza de que, se eu passasse mais tempo com ele, poderia conhecê-lo melhor — argumento, escolhendo as palavras com muito cuidado.

— E tenho certeza de que vou gostar de Noah.

Eu fico paralisado por um momento, com medo de ela propor um encontro duplo. Mas Joni só diz que ela, Chuck e eu deveríamos almoçar juntos amanhã.

Como ela é minha melhor amiga, eu falo sim.

Só os alunos do último ano podem sair do *campus* no almoço, mas isso não impede que o resto de nós saia mesmo assim. A mulher do diretor é dona da loja de sanduíches da rua, e acho que o negócio fecharia em um segundo sem o apoio dos alunos do primeiro e do segundo anos que fogem do refeitório. Os formandos podem ir dirigindo até algum lugar melhor, mas os outros alunos basicamente têm duas escolhas para onde podem ir a pé.

Sempre que saio, dispenso a loja de sanduíches e vou direto ao Veggie D do outro lado da rua. O Veggie D era antes a típica lanchonete de fast-food com comida feita de produto de matadouro processado, mas há alguns anos um bando de vegetarianos iniciou um boicote e em pouco tempo a rede perdeu a loja. Uma cooperativa local assumiu o lugar e deixou as instalações intactas. Eles fizeram até os funcionários manterem os uniformes, só que com uma folha presa no local onde ficava o logotipo da marca.

Como Joni dirige, nós poderíamos ir a um outro lugar. Mas quero estar em local de fácil partida desta vez, para o caso de Chuck me fazer querer ir embora.

O que quero realmente é, claro, passar o máximo de tempo que puder com Noah. Isso é repentino e incomum para mim, mas decido seguir minha vontade. Quero saber mais.

Falo isso para ele quando o vejo em frente ao armário antes do primeiro tempo. Ele me diz para não me preocupar com o almoço, pois temos um fim de semana inteiro a caminho e todo o tempo que este oferece. Sem dizer nada, combinamos de trocar bilhetes entre cada aula. Entre o primeiro e o segundo tempo, nos encontramos no meu armário. Entre o segundo e o terceiro, seguimos para o dele. E assim por diante. Ao ler sobre seu tédio na aula de matemática, ou sobre o sonho dele da noite anterior com pinguins, ou o telefonema da mãe de algum saguão de aeroporto qualquer, começo a aprender sobre ele na primeira pessoa. Tento escrever as respostas da mesma forma, dando uma pequena pista sobre mim a cada frase. Para ele, relembro o sorriso da minha avó, o dia em que Jay e eu nos vestimos um como o outro no Halloween (nenhum dos vizinhos entendeu), as palavras da Sra. Benchly na minha avaliação do jardim de infância. É tudo aleatório, mas meus pensamentos são assim. Consigo perceber pelos bilhetes de Noah que temos uma aleatoriedade compatível.

Pedi para Joni se encontrar comigo (com Chuck) em frente ao meu armário. Em retrospecto, é uma decisão muito idiota. Porque, assim que eles aparecem, Infinite Darlene passa por nós, estalando a língua e farfalhando. Para piorar, quando Chuck e eu estamos nos cumprimentando com acenos de cabeça, Ted aparece atrás dele. Ted para por um segundo e dá uma boa olhada no que estamos fazendo. Ele também sai andando com raiva, traído. Eu me sinto como um ácaro. E ainda tenho que aguentar o almoço.

Chuck é um cara baixo, mas malha muito, e o resultado é que parece um hidrante. Na maior parte das vezes, também age como hidrante. A conversa não é seu ponto forte. Na verdade, não sei bem se é um ponto que ele tenha.

Portanto, somos Joni e eu quem conversamos durante todo o caminho até o Veggie D. Duvido que Chuck esteja feliz com nosso destino, pois ele me parece carnívoro, mas não protesta. Eu me vejo gostando dele mais ou menos quando sua boca está fechada.

Depois que Joni pede um veg-hummus e uma porção de seis pedaços de veg-nuggets de tofu, Chuck e eu optamos pelo hambúrguer duplo de lentilha e carne de soja com batatas fritas de acompanhamento. Eu compro um *smoothie*, mas Chuck escolhe uma VegCola.

— Não gosto de fruta — explica ele. — Sem querer ofender.

Só que o "sem querer ofender" dele me ofende.

Mas, como ele é o namorado novo da minha melhor amiga, eu deixo para lá.

(Por enquanto.)

Comer faz Chuck falar mais. Ele e Joni estão sentados à minha frente, de mãos dadas enquanto mastigam. Eles têm exatamente a mesma altura.

Como Chuck é um cara que gosta de esportes, acho justo eu fazer um placar da conversa.

— Ouvi falar que você está planejando o baile — diz ele. (Cinco pontos: ele está mostrando interesse em mim em vez de se gabar sobre si mesmo.)

— Ah — respondo. — Lyssa Ling vai planejar. Eu só vou auxiliar.

— Dá no mesmo. — (Menos dois pontos.) — Se você quiser levar um barril de cerveja escondido, meu pai conhece um fornecedor e devo conseguir mais barato pra você.

— (Mais três pontos por ser prestativo, menos dois por ser inapropriado.)

— O pai de Chuck tem a maior coleção de bebidas que já vi — diz Joni.

— Mas ele não bebe nada — prossegue Chuck. — Só gosta das garrafas. — (Mais três por ter um pai interessante.) — Não é ridículo? — (Menos quatro por não perceber.)

— Como está o futebol americano este ano? — pergunto.

Os olhos de Chuck se iluminam. (Joni teria sorte se a menção ao nome dela levasse a reação similar.)

— Acho que temos uma grande chance de ganhar o estadual. Watchung é um time fraco, e o melhor jogador de South Orange se formou no ano passado. O melhor jogador de Livingston está sofrendo uma acusação, e Hanover não monta um time decente desde que o técnico era jogador. Precisamos ter cuidado com Caldwell, mas sinto que podemos vencê-los se nos mantivermos em alerta. Nossos treinos andam *demais* ultimamente. Somos unidos, sabe. Unidos pra caramba.

(Dez pontos por paixão. E daí que é de futebol que ele está falando; se você consegue ficar tão envolvido e empolgado com o que faz, ganha pontos.)

— O único problema — prossegue Chuck — é nosso maldito *quarterback*. Ele é completamente louco.

Menos vinte pontos. Chuck sabe que sou amigo de Infinite Darlene. Então, por que está falando mal dela? Será que não sabe que não deve?

Ele prossegue.

— Ele está mais preocupado em não quebrar as unhas do que em jogar a bola de couro. — (Ao ouvir a palavra *couro*, metade dos clientes do Veggie D se vira e nos lança um olhar feio.) — Ele devia entrar em concursos de beleza em vez de correr no campo, se é que você me entende.

Ah, eu entendo. Ele quer dizer: *Fiquei a fim da* quarterback, *mas ela não ficou a fim em mim, e agora vou falar mal dela porque não posso desfazer a paixonite que já senti.* Consigo ver por trás de cada palavra dele, pois já vi Infinite Darlene no campo de futebol americano. Quando ela está nele, é supereficiente. Quebra as unhas e mancha o rímel e sua e resmunga e empurra e faz o que precisar para chegar à zona final. É pura precisão e zero distração. E deve ter sido isso que atraiu Chuck.

Eu paro de contar pontos porque, na minha opinião, Chuck já perdeu o jogo. Olho para Joni em busca de confirmação... mas ela só sorri para mim. Como se dizendo, *Ele não é fofo?*

Chuck me pergunta sobre filmes, porque Joni deve ter contado a ele que gosto de cinema. Mas só me pergunta sobre filmes que viu, para poder dar a opinião dele. Opiniões como "aquela caçada de helicópteros foi intensa" e "ela não sabe atuar, mas é uma tremenda gata". Olho para Joni de novo.

Ela está assentindo o tempo todo.

Não está dizendo muito.

Ela segura a mão dele e exibe uma expressão feliz.

Parte de mim quer gritar, e parte de mim quer rir, as duas pelo mesmo motivo: esta é uma situação impossível. Joni não precisa da minha aprovação, mas quer mesmo assim, da mesma forma que eu quereria a dela. Mas, se eu aprovar, estarei mentindo. E, se não aprovar, estarei me afastando de uma grande parte da vida dela.

— Gostei muito do artigo que você escreveu para o jornal sobre a lei dos crimes de ódio — diz Chuck agora.

Será que ele percebeu que me perdeu? Será que está tentando me conquistar de volta? Esse esforço por si só contaria um pouco, se não bastante.

Costumo pensar que nosso período de almoço de 34 minutos é curto demais. Agora, sinto que é do tamanho certo. Separamos o lixo e jogamos fora, depois voltamos para a escola. Como é sexta-feira, conversamos sobre os planos para o fim de semana. Por algum motivo, decido não mencionar Noah. Em contraste, todos os planos que Joni e Chuck mencionam começam com a palavra *nós*. Normalmente, Joni e eu planejaríamos algum momento juntos no fim de semana. Desta vez, nenhum de nós menciona isso.

Eu reparo nisso. E me pergunto se ela repara também.

Entre o sexto e o sétimo tempos, antes de eu receber um bilhete de Noah, Ted vem diretamente até mim e me chama de traidor. Devo dizer que nunca achei antes que estivesse do lado de Ted. Na verdade, eu costumava gostar quando Joni decidia dar o fora nele. Mas hoje, a sensação é diferente. Hoje, eu me sinto *mesmo* um traidor, apesar de talvez ter sido Joni quem eu traí.

— Você está escolhendo um lado — diz Ted, com rancor.

— Não estou — tento convencê-lo. — E achei que você tivesse dito que não ligava.

— Não ligo. Mas não achei que você apoiaria a decisão idiota dela, Garoto Gay. Achei que você tivesse bom senso.

Não posso dizer que concordo porque Joni acabaria ouvindo e saberia o que realmente sinto. Portanto, fico ali de pé e aguento a onda de raiva dele. Deixo claro que não sei o que fazer.

Ele me olha com expressão superior por um segundo e diz:
— Tudo bem.

Em seguida, sai andando para a próxima aula.

Eu me pergunto se é possível começar um novo relacionamento sem magoar alguém. Eu me pergunto se é possível ter felicidade sem ser à custa de outra pessoa.

E então, vejo Noah vindo até mim com um bilhete dobrado no formato de uma garça.

E penso que sim, é possível.

Acho que posso me apaixonar por ele sem magoar ninguém.

Uma caminhada no parque

Nosso plano para o sábado é não ter planos para o sábado. Isso me deixa um pouco incomodado, pois sou bastante fã de planos. Mas, por Noah, estou disposto a experimentar um dia de passeio não planejado.

Ele vai passar na minha casa ao meio-dia. Não tenho problema nenhum com isso até me dar conta de que ele quer dizer que vai conhecer minha família.

Não me entenda mal, eu gosto da minha família. Enquanto os pais de muitos dos meus amigos estão discutindo, se divorciando e compartilhando a guarda de filhos, meus pais estão planejando férias em família e arrumando a mesa para jantares. Eles costumam ser ótimos na hora de conhecer meus namorados, embora eu ache que sempre ficam um pouco confusos quanto a quem é meu namorado e quem é apenas um amigo que por acaso é menino. (Eles demoraram dois meses para entender que Tony e eu não estávamos juntos.)

Não, meu medo não é que meus pais empurrem Noah porta afora com uma picana de aguilhar gado. Na verdade, tenho medo de eles serem simpáticos demais e entregarem muito de mim antes de eu ter a chance de revelar. Como precaução, tranco todos os álbuns de família em uma gaveta e decido dizer que

Noah é um "novo amigo" sem especificar mais nada. Jay, que, como qualquer irmão mais velho, adora me ver pouco à vontade, é o grande coringa. Ele vai estar no treino de tênis, mas não dá para saber quando deve voltar para casa.

Arrumo meu quarto detalhadamente, depois bagunço um pouco para não parecer arrumado. Tenho medo de não ser esquisito o bastante. Na verdade, é o museu da minha vida toda, desde os Snoopys com guarda-roupas à bola de espelhos que meus pais compraram quando me formei no quinto ano e os livros de Wilde ainda abertos no chão do trabalho de inglês da semana passada.

Esta é minha vida, penso. Sou uma acumulação de objetos.

A campainha toca precisamente ao meio-dia, como se estivesse ligada a um relógio de piso.

Noah é pontualíssimo. E trouxe flores para mim.

Tenho vontade de chorar. Sou tão bobo, mas agora estou tão feliz. São jacintos e jacarandás e uma dezena de outras flores que não consigo nem começar a nomear. Um alfabeto de flores. Ele as está dando para mim, sorrindo e dizendo oi, esticando os braços e colocando-as na minha mão. A camisa dele brilha um pouco na luz do sol, e o cabelo está bagunçado, como sempre. Ele hesita um pouco no degrau de entrada, esperando para ser convidado.

Eu me inclino para a frente e o beijo. As flores são esmagadas entre nossas camisas. Toco nos lábios, inspiro seu hálito. Fecho os olhos, abro os olhos. Ele está surpreso, consigo perceber. Também estou surpreso. Noah retribui meu beijo com um beijo que parece um sorriso.

É muito gostoso.

Na verdade, é maravilhoso.

— Oi — digo.

— Oi — responde Noah.

Ouço passos descendo a escada. Meus pais.

— Entre — convido.

Eu seguro as flores em uma das mãos e coloco a outra atrás do corpo. Noah a segura ao passar pela porta.

— Oi — dizem meus pais ao mesmo tempo ao chegarem no pé da escada.

Com um olhar, eles veem as flores e eu e Noah de mãos dadas. Conseguem perceber imediatamente que Noah é mais que apenas um novo amigo.

Eu não me importo.

Minha mãe olha instintivamente para os dentes de Noah quando ele diz:

— É um prazer conhecer vocês.

Não posso culpá-la; ela é dentista e não consegue evitar. A maior briga que tivemos foi quando me recusei a botar aparelho. Nem abri a boca para o ortodontista ver meus dentes. Ele ameaçou colocar o aparelho na minha boca fechada, e, no que me diz respeito, isso foi tudo. Não aceito ser forçado a nada, e tenho dentes tortos para provar. Minha mãe fica sempre envergonhada disso, embora seja legal o bastante para não tocar mais no assunto.

Como sou filho da minha mãe, reparo imediatamente que os dentes de baixo de Noah são um pouco trepados. Como não sou *totalmente* filho da minha mãe, acho esse defeito bonitinho.

— É um prazer conhecer você — diz meu pai para Noah, esticando a mão para apertar a dele.

Noah e eu soltamos as mãos para ele poder causar uma boa impressão. Na minha opinião, meu pai tem o aperto de mão perfeito, nem mole demais e nem apertado demais. O aperto de mão é o grande nivelador dele; quando ele recolhe a mão, você sente que está no nível dele. Meu pai desenvolveu essa arte durante anos como diretor de filantropia da Puffy Soft, uma cadeia nacional de artigos de higiene pessoal. Seu trabalho é pegar uma parte do lucro da venda de papel higiênico e dar o dinheiro para programas escolares sem recursos. Ele é um exemplo ambulante de por que nosso país é um lugar tão estranho e inacreditável.

Noah está olhando nossa sala de estar, e vejo tudo pelos olhos dele. Percebo como a estampa do papel de parede é estranha e como todas as almofadas do sofá estão empilhadas no chão, traindo o fato de que alguém (provavelmente meu pai) acabou de dar uma deitadinha.

— Vocês querem panqueca? — pergunta minha mãe.

— Minha família acredita que o café da manhã pode ser servido em qualquer refeição — explico para Noah.

— Eu topo — responde ele. — Isto é, se você quiser.

— Topa? — pergunto.

— Se você quiser.

— Tem certeza?

— Você tem?

— Vou fazer as panquecas — interrompe minha mãe. — Vocês têm uns dez minutos pra decidir se vão querer comer.

Ela vai para a cozinha. Meu pai aponta para as flores.

— É melhor botar na água — diz ele. — São lindas.

Noah fica vermelho. Eu fico vermelho. Mas não me mexo. Não sei se Noah já está pronto para ficar sozinho com meu pai. Por outro lado, se eu ficar, vou ofender os dois. Portanto, vou até o vaso mais próximo.

Só quando acabou, só quando tenho uma pausa sensorial, a enormidade do que aconteceu desaba em mim. Dois minutos atrás, eu estava beijando Noah e ele estava me beijando também. Agora, ele está na sala com meu pai. O garoto que acabei de beijar está conversando com meu pai. O garoto que quero beijar de novo está esperando que minha mãe sirva panquecas.

Tenho que lutar contra a vontade de surtar.

Encontro uma garrafa térmica velha de *Dallas* e coloco as flores lá dentro. A cor delas complementa a dos olhos de Charlene Tilton lindamente. A garrafa térmica é uma relíquia dos primeiros anos do namoro eterno dos meus pais.

Agora que as flores estão no lugar, eu me sinto um pouco melhor. E então, ouço a voz do meu pai na outra sala.

— Olhe como as coxas dele estão grandes aqui!

Ah, não. O templo de fotos. Como posso ter esquecido?

E realmente, quando entro, encontro Noah enquadrado por molduras, a história da minha transformação de rechonchudo a desajeitado a sem jeito a magricela a sem jeito de novo, tudo no espaço de 15 anos.

Por sorte, as coxas em questão são do meu eu de seis meses.

— As panquecas estão quase prontas! — grita minha mãe.

Seguimos para a cozinha. Meu pai vai na frente, e consigo ficar para trás com Noah um momento. Ele parece estar se divertindo.

— Você se importa? — pergunto.

— Estou me divertindo — garante ele.

Sei que as famílias das outras pessoas são sempre mais divertidas que a sua. Mas não estou acostumado com a minha família ser a família das outras pessoas.

— Estados ou países? — pergunta meu pai quando chegamos à cozinha.

— Você escolhe — responde minha mãe.

Não faço ideia de por que fico surpreso com isso. Deve ser a presença de Noah que me faz esperar atitudes normais dos meus pais, mesmo quando sei que raramente é assim. Sempre que minha mãe faz panquecas, elas costumam ser dos formatos de estados ou países. Foi assim que aprendi geografia. Se isso parece meio bizarro, quero enfatizar aqui que não estou falando sobre bolotas de massa que parecem a Califórnia se você apertar bem os olhos. Não, estou falando de linhas costeiras e cordilheiras e pequenas marcas de estrela onde a capital ficaria. Como minha mãe fura dentes para ganhar a vida, ela é muito, muito precisa. Consegue desenhar uma linha reta sem régua e dobrar um guardanapo em perfeita simetria. Nesse aspecto, não sou nada como ela. Na maior parte do tempo, eu me sinto uma mancha perpétua. Minhas linhas são todas curvas. Costumo ligar os pontos errados.

(Joni me diz que isso não é verdade, que digo que sou uma mancha porque consigo ver a precisão da minha mãe crescendo dentro de mim. Mas tenho que dizer, eu jamais consegui fazer duas panquecas que se encaixassem do jeito que as de Texas e Oklahoma da minha mãe se encaixam.)

Meus pais lançam olhares de soslaio para Noah. Ele lança olhares de soslaio para eles. Eu observo a todos abertamente, e ninguém parece se importar.

— Há quanto tempo você mora na cidade? — pergunta meu pai, completamente casual.

Nesse momento, meu irmão entra na cozinha, deixando uma trilha de suor do treino de tênis.

— Quem é você? — pergunta Jay, enquanto derrama mel em Minnesota e coloca a coisa toda na boca.

— Noah.

Gosto do fato de que ele não explica mais que isso e de que resiste a dizer "É um prazer conhecer você" até descobrir se a declaração será verdadeira.

— Outro garoto gay? — comenta meu irmão, e suspira. — Cara, por que você nunca traz pra casa uma garota lindinha pra se apaixonar desesperadamente por mim? Você *tem* amigas bonitas? Cara de Cão não conta. — (Ele e Joni têm um passado; ela o chama de Cérebro de Bosta.)

Antes que eu consiga dizer alguma coisa, Noah intervém.

— Eu ia apresentar minha irmã pra você — diz ele —, mas você acabou de destruir qualquer chance disso.

Jay para de mastigar e faz uma pausa antes de pegar o Arkansas.

— Ela é gostosa? — pergunta ele. — Sua irmã?

— Ela é gostosa que nem chocolate — diz Noah. — Não é verdade, Paul?

— Eu tive que olhar duas vezes quando a vi — respondo. — E nem gosto de garotas dessa maneira.

Meu irmão assente em aprovação. Minha mãe bate na mão dele com a espátula quando Jay tenta colocar o dedo na massa crua. Meu pai olha para nós dois, imaginando como pode ter dois filhos que o fazem se sentir tão dividido.

Por fim, Jay começa a falar sobre o treino, e Noah e eu recebemos nossa parcela da nação comestível. Minha mãe nos pergunta se queremos mais ("Posso fazer províncias se vocês quiserem"), mas nós dois recusamos.

Estamos prontos para sair de casa.

— Quero conhecer ela! — grita meu irmão, quando seguimos na direção da porta (depois de agradecermos profusamente à minha mãe). Demoro um segundo para me dar conta de que ele está falando sobre a irmã de Noah.

Damos uma gargalhada por causa disso ao sairmos andando pelo caminho de entrada da minha casa.

— Pra onde vamos? — perguntamos um ao outro na mesma hora.

Nós dois hesitamos, sem querer ser o primeiro a responder.

Por fim, não aguentamos.

— Pro parque — dizemos ao mesmo tempo.

E isso é muito legal.

Andamos pela cidade de mãos dadas. Se alguém repara, ninguém liga. Sei que todos gostamos de pensar no coração como o centro do corpo, mas, nesse momento, cada parte consciente de mim está na mão que ele segura. É por aquela mão, por aquele sentimento, que vivencio todo o resto. As únicas coisas que reparo ao meu redor são as boas: as melodias hipnotizantes que saem pela porta aberta da loja de discos; o homem idoso e a mulher ainda mais idosa sentados em um banco de parque, comendo um bolinho juntos; o garoto de 7 anos pulando de quadrado em quadrado da calçada, balançando e mudando de direção para evitar pisar em uma rachadura.

Como se por acordo, apesar de não termos feito planos, seguimos para o pavilhão dos pedalinhos. Um pato solitário cumprimenta nossa chegada. À nossa direita, os punks skatistas deslizam em uma rampa feita de cânhamo, acelerando ao som de *queercore* e dos próprios corpos se misturando ao vento. À nossa esquerda, um grupo de Escoteiros Alegres tem aula de violão com um monge aposentado. (Nós tínhamos uma tropa de escoteiros, mas quando os Escoteiros decidiram que não havia lugar para os gays entre eles, nossos escoteiros decidiram que não havia lugar para eles na nossa cidade; e apenas mudaram o nome e seguiram a vida.)

A superfície do lago parece uma camisa azul amassada, com pequenos botões-boias marcando a distância na água. O dono dos pedalinhos batizou os barcos em homenagem às sete filhas. Desde que eu era pequeno, sempre escolhi Trixie, porque ela é laranja e tem o nome mais engraçado. Desta vez, ele ergue a sobrancelha para mim porque concordo quando Noah escolhe a verde-clara Adaline. Gosto da ideia de seguir as vontades dele. Gosto da ideia de entrar com ele em um barco em que nunca entrei antes. Trixie já me viu com Joni e Kyle, com outros amigos e outros caras; ela também me viu pedalar sozinho durante horas, tentando resolver meus problemas mexendo as pernas. Adaline não conhece nenhum dos meus segredos.

Noah e eu começamos a conversar sobre nossos livros favoritos e nossos quadros favoritos; compartilhamos nossos Indicadores na esperança de que o outro os aprecie tanto quanto nós. Sei que é uma coisa normal de se fazer em começo de namoro, mas ainda é incomum para mim. Como morei na mesma cidade a vida toda, estou acostumado a sair com gente que já conheço bem. Há sempre mistérios menores a revelar, mas costumo ter a noção geral bem clara na mente quando o namoro começa. Mas Noah é completamente novo para mim. E eu sou completamente novo para ele. Seria muito fácil mentir, fazer com que os favoritos dele também fossem os meus ou fazer escolhas mais impressionantes. Porém falo a verdade. Quero que tudo isso seja verdade.

O lago dos pedalinhos não é muito grande. Nós o atravessamos em ângulos constantemente diferentes. Mudamos de direção como mudamos de assunto, de formas lentas, sutis e naturais.

— Não faço isso com frequência — diz Noah para mim. — Você sabe, sair.

— Nem eu — respondo.

É basicamente verdade, embora não tanto quanto o que ele disse para mim.

— Já faz um tempo.

— O que aconteceu? — pergunto, porque sinto que ele quer que eu pergunte.

Mas talvez eu tenha sentido errado. Ele para de pedalar por um segundo, e a expressão dele parece uma nuvem negra.

— Não precisa me contar — digo baixinho.

Ele balança a cabeça.

— Não... está tudo bem. É uma daquelas coisas que você não quer ter que contar, mas sabe que tem que contar, e quando chega a hora, espera que, depois que acabar de falar, ela não seja mais tão importante. Nem é uma história muito interessante. Eu gostava muito de um garoto. E achava que ele gostava muito de mim, mas na verdade ele não gostava nada de mim. Ele foi meu primeiro namorado, e fiz com que se tornasse meu tudo; era minha nova vida, meu novo amor, meu novo ponto cardeal. Acho que esse é o perigo das primeiras coisas, você perde todo o senso de proporção. Então fiz papel de bobo, apesar de não perceber na época. Eu era tão *dedicado* a ele. — O "dedicado" está em itálico por sarcasmo, sublinhado por dor.

— E ele não ligava. Era um ano mais velho que eu, e por um tempo usei isso como desculpa pra não saber que ele estava me traindo com metade do ano dele na escola. Eu achava que conseguia vê-lo tão bem. Mas não via nada dele, nadinha. E ele nem tentava me ver.

"Ele finalmente me contou. E o mais doido é que, quando me contou, foi uma das coisas mais atenciosas que fez por mim, ao menos por um tempo. Acho que sentiu um peso na consciência no finalzinho do jogo. Ele me disse que eu era ótimo e que, como eu era ótimo, havia coisas que precisava saber. E é claro que me perguntei durante meses depois por que, se eu era tão ótimo, ele teve que fazer aquilo comigo. Eu me senti tão destruído. Mais do que deveria, mas só percebo isso agora. Foi tão injusto. Foi tão *indelicado*.

"Eu ainda estava superando tudo quando meus pais decidiram se mudar. De muitas maneiras, fiquei aliviado. Não suportava vê-lo no corredor da escola. Era um lembrete constante e vivo do meu maior erro."

Concordo com a cabeça e penso nas coisas que reparo. Eu reparo que Noah não mencionou esse garoto por nome (apesar de eu ter certeza de que é Pitt, o que a irmã de Noah mencionou outro dia). Reparo que Noah está me olhando o tempo todo em vez de olhar para a água ou na direção em que estamos pedalando; não está apenas contando a história, está dando-a para mim. Reparo na esperança e na expectativa nos olhos dele, no desejo de que eu entenda exatamente o que ele está dizendo. E entendo, até certo ponto. Aquela história me faz lembrar do meu tempo com Kyle, mesmo sem ser exatamente a história de mim e Kyle. É claro que Kyle foi injusto, e é claro que foi indelicado, mas as intenções foram mais confusas, menos deliberadas. Ou ao menos é o que prefiro pensar.

Conto para Noah um pouco sobre Kyle. Como poderia não contar? Comento também sobre alguns dos outros namoros desastrosos que tive. Mais as histórias engraçadas que as sofridas. O encontro às cegas com o garoto do sétimo ano que enfiava a camisa dentro da cueca e a calça dentro da meia, só para ficar "mais seguro". O garoto do acampamento que ria sempre que eu usava um advérbio. O aluno de intercâmbio finlandês que queria que eu fingisse que era Molly Ringwald sempre que saíamos.

Há um reconhecimento silencioso quando compartilhamos essas histórias; podemos falar sobre os namoros ruins e os namorados ruins porque este não é um namoro ruim e não vamos ser namorados ruins. Esquecemos o fato de que muitos dos nossos primeiros relacionamentos (certamente com Kyle, provavelmente com Pitt) começaram da mesma maneira. Desenhamos a vida anterior a lápis para que faça contraste com o tecnicolor do momento.

É assim que proclamamos um começo.

Conversamos sobre a escola e conversamos sobre os outros garotos da cidade. Falo sobre meu irmão, e ele fala sobre a irmã dele. Depois de um tempo, nossas pernas começam a ficar cansadas e estamos ficando sem novos ângulos para atravessar o lago. Assim, paramos de pedalar e ficamos à deriva. Empurramos as pernas para a frente e afundamos no assento. Passo o braço ao redor dos ombros de Noah, e ele passa o dele ao redor dos meus. Fechamos os olhos e sentimos o sol brilhando em nossos rostos. Abro os olhos primeiro e observo a curva do maxilar dele, a textura das bochechas lisas, a arrumação aleatória do cabelo. Cubro-o com minha sombra quando chego perto. Beijo-o uma vez, mas dura bastante tempo.

É assim também que proclamamos um começo.

O sol começa a baixar e voltamos ao tempo real. Voltamos até o pavilhão dos pedalinhos, onde o moço dá um aceno de aprovação por trazermos Adaline de volta para casa em segurança.

Quando atravessamos o parque, vemos mais pessoas, a maioria frequentadores regulares. A Bicha Velha está sentada em seu banco, relembrando a Broadway dos anos 1920. Dois bancos depois, o Jovem Punk grita alto sobre Sid e Nancy e o nascimento da rebeldia. Eles raramente ficam sem plateia atenta, mas, quando o fluxo de pedestres diminui, a Bicha Velha e o Jovem Punk se sentam juntos e compartilham lembranças de eventos que aconteceram bem antes de eles nascerem.

Explico isso tudo para Noah e adoro a admiração que vejo nos olhos dele. Continuamos nosso tour pela cidade, e tudo é novo para ele: a Sorveterror, que passa cenas de filmes de terror enquanto você espera sua casquinha com duas bolas; o parquinho da escola de ensino fundamental, onde eu contava todos os meus segredos para o trepa-trepa; o templo dedicado a Pink Floyd no quintal do barbeiro da cidade. Sei que as pessoas costumam falar sobre morar no meio do nada; tem sempre outro lugar (alguma cidade, algum país estrangeiro) em que elas preferiam estar. Mas é em momentos assim que sinto que moro no meio de algum lugar. O meu algum lugar.

Damos voltas ao redor do bairro de Noah e, quando entramos, damos voltas no quarteirão. Ele tem hora para chegar em casa, e não está claro para mim se estou convidado para ir com ele.

— Minha mãe e meu pai vão estar em casa — diz ele, para explicar a hesitação.

— Sou capaz de lidar com eles — respondo.

Ele ainda tem dúvida.

— Eles não são como seus pais — avisa ele.

— Isso é uma coisa boa!

— Acho que não.

De repente, visualizo os pais de Tony, que precisam pensar que Joni e eu somos namorados para que Tony saia de casa conosco. Eles acham que a personalidade de Tony é uma questão de interruptores e que, se eles encontrarem a pessoa certa, podem desligar a atração que ele sente por outros garotos e colocá-lo de volta no caminho de Deus.

— Eles sabem que você é gay? — pergunto a Noah.

— Eles nem ligam. Mas, com outras coisas... as prioridades deles são meio estranhas.

Paramos de dar voltas agora. Estamos em frente à casa dele.

— Que se dane — diz ele. Entramos na casa de Noah, e ele grita: — Estou em casa!

— E daí? — grita Claudia de algum aposento distante.

Seguimos para a cozinha para tomar picolé. Não consigo deixar de reparar em três cartões de crédito na bancada.

— Mãe!? Pai?! Estou em casa!

Claudia entra na cozinha.

— Você está, mas eles não. Mas mandaram um oi. Podemos pedir o que quisermos. Mas use o cartão da United, porque eles precisam da milhagem bem mais que o da Continental.

— Pra onde eles foram? — pergunta Noah.

— Saíram pra jantar, pra comemorar. Mamãe finalmente foi aceita no Commander Club. Ela agora pode usar as salas de espera do Commander Club em todos os grandes aeroportos, que *incluem* café de graça e acesso à internet.

Enquanto Noah reflete sobre isso, Claudia tira o picolé da mão dele e começa a comer. Ela sai andando para o aposento distante; ouço os passos se distanciarem e a TV ser ligada.

— Acho que temos que ficar aqui — diz Noah.

— Ela não tem idade pra ficar sozinha? — pergunto.

— Não estou preocupado com ela ficar sozinha. Estou preocupado com ela ficar solitária.

Sinto culpa por ter tocado no assunto; jamais teria me ocorrido me preocupar com a solidão de Jay.

Sigo Noah até a sala de TV, onde Claudia está encolhida em um sofá verde-limão como uma aluna de jardim de infância que construiu o próprio forte com almofadas. Ela tem todos os confortos modernos: o controle remoto, petiscos, uma revista parcialmente lida e o controle remoto do climatizador. E parece infeliz em sua tentativa de esconder o quanto se sente infeliz.

— O que você quer? — pergunta ela, com a hostilidade de sempre.

— Só planejar a diversão da noite. Você quer sair?

— Eu pareço querer sair?

— Então que tal uma pizza e um filme?

— Tudo bem.

— Tem certeza?

— Eu disse "tudo bem". O que mais você quer de mim?

Se fosse a minha irmã falando assim, eu diria alguma coisa como *Quero que você pare de ser uma diva tão dramática*. Mas Noah é uma pessoa melhor (ou, pelo menos, mais paciente) do que eu, pois ouve tudo sem se abalar.

— Uma pizza e um filme saindo! — diz ele, com alegria. — Voltamos logo.

Claudia não responde, só aumenta a TV.

— Saída... pela direita — diz Noah para mim. Seguimos até a cozinha.

— Ela costuma ser assim? — Eu tenho que perguntar.

— Nem sempre. No momento, acho que está com raiva dos nossos pais. E acho que está tentando impressionar você.

— Me impressionar?

— Bem... talvez *impressionar* não seja a palavra certa. Acho que ela captou o fato de que... eu gosto de você.

— E ela percebe que eu gosto de você também? — pergunto, chegando mais perto e passando os dedos na camisa dele.

— Sem dúvida.

— Então tenho que dizer que você tem uma irmã muito observadora.

Estamos à distância de sussurrar agora.

— Parem com isso! — grita Claudia lá da sala.

Noah e eu caímos na gargalhada, o que não duvido que vá deixá-la com mais raiva. A TV está em silêncio agora, esperando nosso próximo passo.

Pegamos os cartões de crédito e vamos para a cidade.

Rebobine antes de devolver

Noah e eu nos separamos; ele vai comprar a pizza enquanto alugo o filme. Acho que assim é melhor, porque estou indo ao Videorama do Spiff, onde novatos são rejeitados. Spiff é o motivo de a maioria de nós ainda ter aparelhos de videocassete, pois ele é fanático por fitas de VHS assim como DJs são fanáticos por discos de vinil. Ele se recusa a alugar DVDs e qualquer outro tipo de nova tecnologia.

Spiff arruma as fitas de vídeo na loja de acordo com sua própria lógica. *American Pie* está catalogado como ação/aventura, enquanto *Forrest Gump* fica em pornografia junto a outros clássicos inspiradores. Spiff nunca, nunca diz onde está uma fita, nem se está alugada. Você precisa descobrir sozinho ou sair de mãos vazias. Ele não dá a menor importância para nenhum de nós, só para os filmes. Deve ser por isso que sempre voltamos.

Noah fez um breve resumo do que Claudia gosta de assistir. Basicamente, se tiver uma Garota It indie, é aposta certa. John Cusack também é tiro certo. Sigo para a seção de drama para procurar *Digam o que quiserem* (sabendo bem que Spiff acredita que as comédias retratam o verdadeiro drama da vida).

— Oi, Paul.

É meu nome e vem da seção de línguas estrangeiras. É meu nome... e é a voz de Kyle.

Estou preso na comédia. Só existe ficção científica entre nós. É uma seção grande, mas não muito.

— Paul? — diz Kyle de novo, hesitante desta vez.

A expressão dele está mais aberta para mim do que jamais esteve desde que terminamos. Quero dizer, desde que ele me deu o pé na bunda.

— Oi, Kyle.

Não tem mais ninguém na loja, só Kyle e eu e Spiff no balcão, olhando para o monitor que dedica exclusivamente a Tarantino e Julie Andrews.

— Eu estava querendo falar com você — diz Kyle.

Ele se mexe com inquietação. Olho para as barras desfiadas acima dos seus sapatos. Eu me lembro de puxar uma linha da barra daquela mesma calça e de tocar no tornozelo embaixo, tudo como parte do sonho acordado de domingo no parque, que me surpreendeu por ser real de verdade.

Mas os tênis dele são diferentes, eu reparo.

Não sei o que devo dizer. Não quero começar uma conversa agora, principalmente porque Noah vai aparecer quando a pizza ficar pronta. E, ao mesmo tempo, estou doido para saber: o que ele poderia ter para me contar?

— Desculpa — diz ele. Tão simples, tão claro.

Eu me apoio na estante mais próxima e quase derrubo uma coleção inteira de Abbott e Costello.

— Por quê? — pergunto.

Talvez eu tenha ouvido errado. Tento pensar em alguma palavra que possa soar de forma parecida com *desculpa*, mas não consigo pensar em nenhuma.

— Eu me enganei. Cometi um erro. Magoei você. E lamento isso. — E então, como um pensamento posterior, uma pontuação: — Eu precisava dizer isso.

Quantas vezes imaginei essa conversa? Mas ela não acontece do jeito que imaginei. Eu achava que seria irritante. Achava que transformaria o *desculpa* de Kyle em uma coisa afiada que eu jogaria direto no coração dele. Achava que diria: *Sei que lamenta* ou *Não tanto quanto lamento por ter me envolvido com você.*

Eu não achava que sentiria tanta falta de raiva. Não achava que iria querer dizer para ele que estava tudo bem.

Olho para o *Clube dos Cinco* nas mãos dele e me lembro de todas as vezes que o alugamos, de como nos revezávamos dizendo as falas; às vezes, eu era o atleta, às vezes, ele era o nerd ou a princesa. Sei que ele também deve se lembrar disso. Sei que não poderia alugar esse filme sem pensar em mim de alguma forma.

— Você não precisa dizer nada — prossegue ele. Eu me lembro de como o silêncio o deixa nervoso. — Você não deve nem querer falar comigo.

— Não é verdade. — Eu me vejo dizendo, apesar de a melhor (ou seja, menor) parte do meu cérebro estar gritando *PARE! PARE!*

— É mesmo?

Concordo com a cabeça. A porta da videolocadora se abre, e eu dou um pulo de 30 centímetros para trás, praticamente para dentro da seção de romance. Mas são apenas Sete e Oito, da escola, perdidos demais um no outro para ligarem para qualquer outra pessoa. Vê-los me deixa ansioso.

— Você está esperando alguém? — pergunta Kyle, captando sem hesitar a pergunta que menos quero que saia de sua boca.

— Por que você está fazendo isso? — digo, desviando. — Uma semana atrás, você nem olhava pra mim no corredor. O que está acontecendo?

— Você não entende? — Pela primeira vez, ele parece meio exaltado e irritado. — O motivo de eu não conseguir falar com você era porque eu me sentia mal por não falar com você.

— Isso não faz sentido — respondo. Mas é claro que faz perfeito sentido.

Kyle prossegue, com expressão meio desesperada e meio calma.

— Teve uma época que eu achava que estava certo. E foi quando eu estava mais errado. Mas, no mês passado... tentei parar de pensar em você e não consegui. Simplesmente não consegui. Não espero que você entenda, porém não posso mais evitar. Não posso mais evitar *você*. Ando pela escola e consigo sentir você me odiando. E o pior é que não posso te culpar.

Não o faça se sentir melhor, aquela parte menor (melhor) do meu cérebro grita. *Não aceite o pedido de desculpas tão facilm...*

— Eu não odeio você — digo. — Nunca odiei. Eu estava magoado.

— Eu sei. Lamento muito mesmo.

A porta se abre de novo, e ali está Noah, segurando a caixa da pizza como a garçonete do Dino Diner nos créditos de abertura de *Os Flintstones*. Kyle capta meu olhar e dá um passinho para a frente.

— Você tem que ir, não tem?

Eu concordo. E então, surpreendendo até a mim mesmo, pego o *Clube dos Cinco* da mão dele.

— Preciso de um filme — digo.

— Podemos conversar de novo? Tipo segunda, depois da aula?

Isso vai dar confusão. Sei que vai dar confusão. Mas tenho que seguir em frente. Preciso ver como a confusão termina.

— Te encontro em frente ao laboratório de química. Rapidinho.

— Obrigado — diz Kyle.

E preciso lutar contra a vontade de responder com outro obrigado.

Não faz sentido. Nada faz sentido.

— Paul?

Quando Noah me vê, Kyle já se recolheu à seção de boa forma. Sigo até lá, e Noah olha a caixa na minha mão.

— Boa escolha — diz ele. — Esse é um dos favoritos de Claudia.

Consigo sentir Kyle nos observando, apesar de não ser capaz de vê-lo. Noah não repara. Está tão feliz, tão alheio. Enquanto Spiff faz as anotações do aluguel da fita, tento recuperar toda minha felicidade e sensação de distanciamento. Quando chego à porta, eu me viro para dar uma última olhada. Kyle me vê virar e levanta a mão. Não sei o que ele está fazendo, mas a mão se move um pouco para a frente e para trás. Ele está acenando para mim. É ao mesmo tempo um adeus e um oi.

Estou tão confuso.

Noah comenta comigo sobre as cinco italianas que estavam esperando na frente dele na pizzaria, cada uma querendo um sabor diferente de pizza e todas ficando irritadas quando os sabores se misturavam em uma única fatia. O cara da pizzaria tentou explicar que sabores de pizza não são uma ciência exata; às vezes, no processo de derretimento, um pedaço de linguiça acaba encostando em uma anchova. A mulher insistiu em devolver a fatia.

Balanço a cabeça nas horas certas. Dou risada nas horas certas. Mas não estou ali com ele. Minha mente está na videolocadora, em uma das seções entre comédia e drama.

Fico um pouco desconfiado por Noah não ter reparado na minha distância. E fico mais zangado comigo mesmo por divagar.

Quando chegamos perto da casa dele, consigo me concentrar nos eventos mais maravilhosos do dia. Nosso primeiro beijo parece ter sido uma década atrás. Já está virando uma lembrança.

Sigo a linha de pensamento de Noah (entrar na casa dele, lidar com a aprovação relutante de Claudia da seleção de filme) antes de o filme me desviar de novo. *O que eu estava pensando?* Molly Ringwald me faz pensar em Kyle. Judd Nelson me faz pensar em Kyle. Até o maldito diretor me faz pensar em Kyle.

Idiota. Idiota. Idiota.

E então, percebo uma coisa. Noah parece tão distraído quanto eu. Depois que Ally Sheedy joga o presunto na estátua, saio da sala para esquentar a pizza. Noah vem atrás.

— O que foi? — pergunto, com medo de ele ter me descoberto, de me dar um pé na bunda por infidelidade mental.

— Tenho uma confissão a fazer — diz ele. — Pra mim, é difícil ver aquele filme.

— Por quê?

— Na primeira vez que fui... bem, pra casa do Pitt, nós vimos esse filme.

Olho para a expressão magoada e solene dele. E caio na gargalhada. Não por ser engraçado (embora, em muitos aspectos, seja). Mas porque sinto uma libertação.

— Sei *exatamente* como você se sente — digo, e menciono Kyle *brevemente* (não por nome, e sem incluir os eventos mais recentes).

A noite está salva.

Ficamos na cozinha durante o resto do filme. Noah pega um livro de culinária do Ursinho Pooh, e decidimos fazer quadradinhos de limão.

— Vocês dois são doidos — anuncia Claudia, quando o filme acaba e ela vai até a cozinha e nos encontra cobertos de açúcar de confeiteiro e farinha.

— Nossa, obrigado — diz Noah.

Eu faço uma reverência. Claudia diz que vai dormir.

Talvez seja a presença de Claudia agindo inconscientemente, mas Noah e eu controlamos os gestos de afeto pelo resto da noite. Apreciamos os mais leves toques, como quando esbarramos ao tirar os quadrados de limão do forno, tocamos as mãos quando esticamos o braço para desligar o forno, apertamos um braço contra o outro enquanto lavamos as tigelas.

Os pais dele ainda não voltaram para casa quando chega a hora de eu ir embora. O cansaço domina nossa conversa.

— Me encontra antes do primeiro sinal — digo, e estico a mão para tocar no cabelo dele.

— Estarei lá — responde ele, mexendo no meu cabelo e me dando um beijo de despedida.

Quando saio da casa dele, respiro fundo. Sim, Kyle está no fundo da minha mente. Mas acho que consigo manter Noah na frente.

Coisas não ditas

Quando vejo Noah na segunda-feira de manhã, consigo perceber que alguma coisa mudou dentro de mim, dentro dele e dentro de nós. Antes, tudo era questão de esperança e expectativa. Agora, é esperança, expectativa e proximidade. Quero ficar perto dele, não por uma noção vaga de como seria, mas porque já estive perto dele e não quero que isso acabe.

Conversamos sobre nossas manhãs e deixamos muitas coisas não ditas: a coreografia de nossos bilhetes sendo passados, nossa felicidade ao ver um ao outro, um pouco do nosso medo, nosso desejo de manter nossas demonstrações de afeto em particular. O primeiro sinal toca, e não sei bem o que faremos; será que há alguma forma de nos acostumarmos a nossa proximidade recente sem sermos um daqueles casais que não conseguem passar o dia sem se pegar no corredor?

É Noah quem encontra a resposta, sem eu ter que fazer a pergunta.

— Até mais tarde — diz ele, e, enquanto fala, passa um dedo rapidamente pelo meu pulso. A sensação é leve como ar e me faz tremer como se fosse um beijo.

Entro na aula de francês me sentindo muito, muito sortudo.

— O fim de semana foi bom? — pergunta Joni, quando me sento na frente dela.

— Ótimo — respondo.

— Desculpa não ter ligado. Eu estava com Chuck.

É claro que estava.

Antes que ela possa dizer qualquer outra coisa, a Sra. Kaplansky começa as conjugações. Continuamos nossa conversa em formato pautado e dobrado.

Chuck e eu fomos ao campo de treino de golfe. Eu queria ir para o minigolfe, mas ele disse que era coisa de gente fraca. E me ensinou a dar tacadas. Depois de um tempo, começou a me chamar de décimo oitavo buraco. Aí, ele me levou pra um lugar lindo pra jantar, e foi tão legal o tempo todo. Ele tentou pedir bebidas alcoólicas, mas a garçonete riu. Chuck ficou meio puto por causa disso, mas eu alegrei ele. Você saiu com o bonitão?

Saí. Noah e eu passamos o sábado juntos. Foi legal. Gosto muito dele.

Quero detalhes suculentos.

Tomei suco de laranja no café da manhã hoje. Sem gominhos.

Não foi isso que eu quis dizer. Tudo bem. Guarde segredos. Como se eu escondesse alguma coisa de você. Aliás, Ted começou a me perseguir. Chuck e eu estamos muito incomodados com isso.

Como assim?

Ele fica me ligando e vai na minha casa. Uma vez, eu estava lá com Chuck, e Chuck quase deu uma surra nele. Será que Ted não entende? Ele já era. Já era.

Pode ser que ele esteja sofrendo. (Estou pensando em Kyle por um momento.)

É, ele está ME fazendo sofrer e afetando meu relacionamento com Chuck.

Nesse ponto, a Sra. Kaplansky anuncia um teste surpresa. Todos resmungamos e tiramos tudo das mesas. A Sra. Kaplansky tem o estranho hábito de nos pedir para traduzir para o francês frases que nunca, jamais usaríamos em inglês.

1. *O senhor conhece os trabalhos da diretora australiana Gillian Armstrong?*
2. *Ele estava predisposto a acreditar que ela sofria de um caso de indigestão.*
3. *Estou impressionado com o tamanho daquele avestruz.*

Quando a Sra. Kaplansky está distraída, eu me viro e olho para Joni. Não vejo nenhuma ternura ali. Sei que é com Ted e não comigo que ela está chateada. Mas a raiva me surpreende mesmo assim. Se eu ainda consigo sentir vulnerabilidade e carinho por Kyle (que me deu um pé na bunda), por que Joni não consegue sentir alguma coisa diferente de hostilidade por Ted, que foi ela quem largou?

Essas perguntas me assombram ao longo do dia. Noah e eu trocamos bilhetes entre todos os tempos, pequenas observações em prestações para nos distraírem até a próxima conversa real. Vejo Ted, e ele está com aparência péssima, sem dormir e com roupas deprimentes. Ele murmura um oi quase silencioso para mim e passa como uma sombra derrotada. Eu preferia que ele me provocasse. Eu preferia que ele gritasse.

Lyssa Ling faz um comunicado na sala, avisando que os escolhidos para os comitês do Baile Aristocrático estão em uma lista ao lado da *jukebox* no refeitório. Infinite Darlene me confessa que foi a primeira a se candidatar ao meu comitê e que já está planejando o que vai vestir na primeira reunião. (Suponho que isso signifique que preciso decidir quando vai ser a primeira reunião; ainda não planejei tanto assim.) Ela cospe um pouco de veneno sobre Joni e Chuck, que decidiu chamar de Truck, "pois a alternativa é obscena demais pra uma dama como eu". Mais tarde, Chuck passa por mim. Por amizade a Joni, eu digo oi. Ele nem olha para mim. Eu me viro e o vejo se afastar. Um minuto depois, Joni pula nos braços dele. Chuck presta atenção nela... mas não tanto quanto ela está prestando nele. Joni está entusiasmada demais para perceber. Ou talvez eu esteja interpretando errado.

Só vejo Kyle na hora do nosso encontro marcado no laboratório de química, depois da aula. Quando falei para Noah que o encontraria meia hora depois que o habitual, ele nem me perguntou por quê. Eu me sinto culpado, tanto por causa da verdade que não contei quanto porque sei que, se eu estivesse no lugar dele, teria perguntado.

Kyle e eu nos sentamos a uma das mesas de química; as palavras da nossa conversa vão cair do ar em béqueres de vidro vazios, esperando uma medida invisível. Atrás de Kyle, o quadro coberto de equações parece um papel de parede enigmático. Nem Kyle e nem eu temos aula de química. Achei que ali seria terreno neutro.

Observo o rosto dele: o cabelo preto cortado curto, as sardas espalhadas, a sombra de barba por fazer. Ele está diferente de quando eu realmente o conhecia. As feições perderam um pouco da agressividade. Os ângulos não estão mais tão seguros de si.

— Me desculpe por jogar aquilo em cima de você na locadora — diz ele, com voz firme e baixa. — Não foi assim que eu planejei.

— Como você planejou? — pergunto, não para ser crítico, mas porque estou genuinamente curioso.

— Eu planejei que fosse um milhão de coisas diferentes — responde ele. — E, no final, não consegui decidir qual deveria ser.

— Mas agora você me contou.

Parte de mim ainda está esperando que ele retire tudo que disse, que esse seja o último truque cruel dele.

Kyle concorda com a cabeça.

— E o que você quer de mim? — pergunto.

— Não sei. — Ele me olha nos olhos por um momento, depois olha para trás de mim, para a tabela periódica dos elementos. — Sei que não tenho direito de fazer isso. Eu estava realmente... não sei qual é a palavra para o que eu era pra você. Eu não terminei com você do jeito certo. Alguma coisa dentro de mim surtou, e eu... eu não conseguia suportar você. Não foi sua culpa. Mas eu não conseguia suportar você. Eu precisava... eu precisava obliterar você. Não você pessoalmente. Mas a ideia de você. Sua presença.

— Por quê?

— Eu só estava sentindo... foi um *instinto*. Eu tive que fazer aquilo. Não foi certo. Não pareceu certo.

— Mas você não precisava ser agressivo comigo — digo, com a voz começando a ficar mais alta. — Você poderia ter me contado. Dito "não parece certo".

— Não — ele está olhando para mim de novo agora —, você não entende. Você teria me convencido a não terminar. Eu voltaria atrás.

— Talvez você voltasse atrás porque não queria realmente fazer aquilo.

— Está vendo, você teria usado essa lógica comigo. E eu não queria usar sua lógica.

— Então você me *obliterou*?

Ele está brincando com um dos béqueres agora, olhando para ele nas mãos.

— Eu sei. Me desculpe.

Decido continuar a narrativa.

— Aí você me larga. Fala mal de mim. E, duas semanas depois, está nos corredores jogando hóquei de língua com Mary Anne McAllister, dizendo pra todo mundo que te enganei pra você pensar que gostava de garotos. E agora? Não deu certo com Mary Anne nem com Cyndi e nem com Joanne e sei lá mais quem, e você decidiu voltar para o meu lado?

— Não é assim.

— Então como é? — Consigo ver que ele está confuso, consigo ver que está tentando me dizer alguma coisa. Mas toda minha dor está jorrando agora, e é uma dor *zangada*. — Me conte como é. Porque enquanto você passava direto por mim durante todos esses meses, enquanto todo mundo me perguntava "O que aconteceu com Kyle?" e eu estava tentando entender seu lado da história de todos os relatos de terceiros que ouvi... todo esse tempo, eu me perguntava mais que qualquer outra coisa *como você acha que é*.

Nessa hora, ele começa a tremer. E eu lembro tão claramente como ele tremia quando estava chateado, quando estava sobrecarregado. Não havia nada que ele ou eu pudéssemos fazer para que parasse. Quando ele me contou que o irmão havia descoberto que tinha diabetes, quando o pai gritou com ele em uma visita de domingo por ter largado o basquete, quando ele chegou ao final de *Meninos não choram*... essas foram as únicas vezes que o abracei com toda minha força enquanto o corpo dele tremia o tanto que sua mente não conseguia suportar.

Depois da primeira vez, quando ele tentou rir e deixar tudo de lado, não conversamos sobre o assunto. Apenas fomos levando até o tremor não estar mais lá.

Quero tocar nele agora. Não abraçá-lo, só tocar nele. Mas estou paralisado. Minha reação quando estou sobrecarregado.

— Me desculpe — murmura ele.

— Não peça desculpas. Me desculpe por ter sido agressivo com você.

— Não. — Ele olha para mim de novo; o tremor diminui.

— Sei que você me odeia. Tem todo o direito de me odiar. Não precisa voltar a falar comigo.

Ele se levanta para ir embora, e minha paralisia é rompida. Coloco a mão no braço dele e faço um sinal para ele se sentar.

— Me escute, Kyle — digo. Ele se senta e vira o rosto para o meu. — Estou falando disso tudo. E só vou dizer uma vez. Eu não odeio você e nunca odiei. Eu estava com raiva de você e deprimido por sua causa e confuso por sua causa. Mas ódio é algo que jamais senti.

— Obrigado — sussurra ele.

Eu continuo baixinho.

— Se você quer que eu te perdoe, acho que já perdoei. Se quer saber que eu não te odeio, agora já sabe. Isso é tudo?

Um leve tremor de novo.

— Não — diz ele.

— O que, então? — pergunto delicadamente.

— Preciso da sua ajuda, Paul. Não tenho o direito de pedir, mas não consigo pensar em mais ninguém com quem conversar.

Já estou envolvido. Eu me coloquei nessa posição, e a verdade é que não me importo mesmo.

— O que é, Kyle?

— Estou tão confuso.

— Por quê?

— Ainda gosto de garotas.

— E daí?

— E também gosto de garotos.

Eu toco no joelho dele.

— Então não parece que você está confuso.

— Mas eu queria ser uma coisa ou outra. Com você, eu só queria gostar de você. Depois de você, eu queria gostar só de garotas. Mas, toda vez que estou com uma, acho que a outra opção é possível.

— Então você é bissexual.

O rosto de Kyle fica vermelho.

— Odeio essa palavra — diz ele, afundando na cadeira. — Faz parecer que estou dividido.

— Quando na verdade você está duplicado?

— Isso aí.

Sorrio. Faz muito tempo que não ouço um *isso aí*.

Sei que algumas pessoas pensam que gostar de garotos e garotas ao mesmo tempo é ficar em cima do muro. Algumas das grandes rivais de Infinite Darlene têm o maior desprezo pelas pessoas que chamam de "amadoras". Mas acho que isso é uma tremenda bobagem. Não entendo por que, se eu fui feito para gostar de garotos, não possa haver gente que tenha sido feita para gostar de garotas e garotos.

— Podemos chamar você de ambissexual. Ou duossexual. Ou...

— Preciso mesmo encontrar uma palavra pra isso? — interrompe Kyle. — Não posso apenas ser?

— É claro — digo, apesar de não ter tanta certeza no mundo real. O mundo ama rótulos idiotas. Eu queria que nós pudéssemos escolher os nossos.

Fazemos uma pausa por um momento. Eu me pergunto se isso é tudo, se ele só precisava dizer a verdade e ter alguém para ouvir. Mas aí Kyle olha para mim com olhos inseguros e diz:

— Sabe, não sei quem eu devo ser.

— Ninguém sabe — digo para tranquilizá-lo.

Kyle concorda com a cabeça. Vejo que tem mais uma coisa que ele quer dizer. Mas mantém guardado, e a coisa acaba sumindo em algum lugar por trás da expressão dele.

— Você acha que podemos ser amigos? — pergunta ele.

É tão engraçado... se ele tivesse feito essa pergunta quando estava terminando comigo, aquela velha fala do "vamos ser amigos", eu teria gargalhado alto ou arrancado todo o cabelo dele. Mas agora, aqui, funciona. Significa exatamente o que ele quer dizer.

— Podemos — respondo.

E então, ele me surpreende. Ele se inclina na cadeira e me dá um abraço. Desta vez, me aperta com toda a força, apesar de eu não estar tremendo. Simplesmente não sei o que fazer.

Sei que ele quer que eu sinta como um gesto reconfortante. E, no fundo do meu coração, sei que tenho medo de que ele sinta como se fosse reconfortante também.

Pinball

Conto tudo para Joni.

E ela conta para Chuck.

Alguns dias se passam entre os eventos dessas duas frases. Mas o efeito é o mesmo.

Eu descubro por Infinite Darlene. Isso por si só quer dizer problema, pois Infinite Darlene tenta colocar o máximo de graus de separação possíveis entre ela e Chuck.

— Ah, querido — diz ela —, estavam falando de você no vestiário.

— Falando o quê? — pergunto.

E ela me conta: estavam falando sobre mim e Kyle e mim e Noah.

E então, piora.

— Só estou contando para o seu próprio bem — murmura Infinite Darlene baixinho. — Rip está envolvido.

Rip é nosso gerenciador de apostas. Os pais dele são donos de ilhas, e a mesada permite que ele promova apostas em praticamente qualquer coisa: Quantas vezes a secretária do diretor vai usar a palavra *o* nos anúncios matinais? Quantos alunos vão passar pela sala 303 entre o sexto e o sétimo tempos? Que cor Trilby Pope vai usar mais vezes no mês de abril? Rip está pronto para calcular as chances e sustentar a decisão.

Ele adora apostar em quanto tempo casais vão durar.

— Quais são minhas chances? — eu pergunto.

Infinite Darlene faz beicinho para mim.

— Querido, você não quer saber isso, quer?

Eu fico sério.

Infinite Darlene suspira.

— Seis pra um que você fica com Noah, cinco pra um que você volta pro Kyle e dois pra um que você perde as duas chances e acaba sozinho nos próximos vinte dias.

— Em qual você apostou?

Infinite Darlene bate as pálpebras para mim.

— Uma garota jamais conta — diz ela. E sai misteriosamente.

Eu me pergunto quais são as chances de Noah ter ouvido a fofoca. Dois para um? Empate?

Não reparei em nenhuma mudança nele, em nenhuma desconfiança ou cautela repentina. E nos encontramos muitas vezes na última semana. Estamos *namorando*. Na quarta-feira, fugimos para a metrópole depois da aula para irmos à sessão noturna gratuita em um museu e ver as pessoas lá. Os alunos de arte pareciam galhos intelectuais com suéteres furados, enquanto os europeus lindos saltitavam e deslizavam entre eles, conversando em línguas ao mesmo tempo florais e picantes. Na quinta, nos encontramos com Tony. Parecia uma eternidade que eu não o via. Noah e Tony pareceram se dar bem, embora a presença de Noah tenha complicado um pouco a rotina do dever de casa.

Também temos nos beijado loucamente. Horas se passam e nem reparamos. Temos todo o tempo do mundo porque, pela primeira vez, parece que o mundo está nos dando o tempo de que precisamos.

Por sorte, não precisei desaparecer da vida de todo mundo para poder fazer parte da de Noah. Não queremos ser esse tipo de casal (vide Joni e Chuck). Também tive tempo de ver como estava Kyle por curtos períodos. É difícil resistir à atração de alguém que precisa de você. Mantivemos nossas interações limitadas a conversas, mas o fato de que temos conversas significa alguma coisa. Nenhum de nós dois sabe o quê.

Sinto-me aliviado porque Noah e Kyle vão viajar no fim de semana. Noah vai se encontrar com os amigos da antiga cidade, e Kyle vai visitar uma tia doente.

Joni comete o erro de se aproximar de mim na sexta-feira à tarde, depois de eu ter conversado com Infinite Darlene. Chuck está ao seu lado. O fato de ela não perceber que eu sei que ela tagarelou é mais incrível que o fato de eu não saber antes.

— Vamos buscar Tony — diz ela. — Quer vir?

Essas talvez sejam as únicas palavras no mundo que poderiam me fazer entrar em um carro com ela nesse momento. Joni apela para a parte de mim que deseja viajar no tempo instantaneamente; uma viagem para não muito tempo atrás, quando Tony, ela e eu éramos um grupo de três.

É claro que Chuck vai junto dessa vez. Ele não me oferece o banco da frente. Senta ali como se fosse dele de direito.

Joni não parece perceber.

Assim, me sento no banco de trás, em meio às garrafas vazias de Fresh Samantha (dela) e latas amassadas de Pepsi (dele). Eu me pergunto quando Joni parou de reciclar o lixo imediatamente e começo a me arrepender de ser passageiro voluntário. A raiva que sinto de Joni por contar minhas coisas para Chuck começa a chegar perto da fervura de novo. Faço um juramento de conversar com ela no primeiro momento que conseguir encontrá-la sem ele.

Esse momento não chega nunca. Eles não fazem pausas um do outro nem para ir ao banheiro.

Meu mau humor fica meio abalado quando Tony se senta no banco de trás comigo; agora, tenho alguém com quem trocar olhares. O primeiro olhar (eu de olhos arregalados, Tony de sobrancelha erguida) acontece quando Chuck toma posse do rádio e coloca rock testosterona, o tipo de música mais adequado a compilações de luta-livre "profissional". O segundo olhar (eu apertando os olhos de descrença, Tony olhando para o céu) acontece quando Chuck começa a cantar e chama nossa atenção por não cantarmos com ele. Como se eu soubesse a letra de uma música chamada "She's All Mouth".

Joni também não acompanha, mas faz uma tentativa fraca de batucar no volante. Em determinado ponto, ela aperta a buzina sem querer, o que faz Chuck cair na gargalhada.

— Apito legal — ri ele.

Terceiro olhar: eu e Tony implorando, *nos tirem deste carro agora.*

Seguimos para a lanchonete da cidade, o tipo de lugar onde você precisa de conexão com a máfia para conseguir colocar uma música na *jukebox.* Os cabelos das garçonetes estão sempre perfeitamente arrumados com laquê, e os dos garçons sempre lisos e com brilhantina. O cardápio é do tamanho de uma tábua de madeira, e o tempo que se gasta lendo-o é o mesmo que para ler o jornal de manhã. Tem sempre café da manhã sendo servido, quase sempre como jantar.

Quando nos sentamos em um compartimento, vejo os olhos de Joni exibirem preocupação brevemente. É a primeira reação não relacionada a Chuck que ela tem desde que entrei no carro. Ou pelo menos é o que penso no começo. Em pouco tempo, percebo que todas as reações dela são de alguma forma relacionadas a Chuck.

Eu me viro e sigo seu olhar. Vejo Ted sentado a três mesas de distância com Jasmine Gupta. Ele está de costas para mim, mas, quando Jasmine me vê olhando, pisca.

Kyle poderia ter aulas com Jasmine; ela se apaixona por qualquer pessoa, homem ou mulher. A questão é que a pessoa tem que estar no rebote de um rompimento sério. Alguma coisa nesse estado frágil e vingativo a encanta.

A velha Joni volta para nós por um rápido momento.

— Vejo que Ted finalmente voltou para o caminho previsível — resmunga ela. (Em todos os outros rompimentos com Joni, ele escolheu não fugir na direção de Jasmine.)

— Ele é um canalha — murmura Chuck, talvez por achar que é seu dever.

— Não, não é — digo de maneira agradável.

— O que todo mundo vai comer? — intervém Tony.

Uma das fraquezas de ser agradável é a incapacidade de lidar com momentos nada agradáveis.

— Aposto que Joni vai pedir queijo quente — diz Chuck, com um sorriso.

— Ele me conhece tão bem! — responde Joni.

Eu me pergunto se era isso mesmo que ela estava pensando em pedir.

O que você fez com a antiga Joni, sua impostora?!

— Boa ideia — diz Tony.

Nossa garçonete chega, e estamos livres da conversa dos outros por um minuto ou dois. Depois que ela sai, ficamos falando de tópicos não controversos como a escola e o dever de casa. É tudo muito entediante, e nossas saídas para comer nunca foram assim.

É claro que culpo Chuck. E Joni, por estar com Chuck.

Consigo vê-la tentando olhar para Ted sem parecer que está olhando para Ted. Sei que ela consegue interpretar a nuca dele como o resto de nós consegue ler uma expressão facial.

Conseguimos sobreviver à refeição. Tony começa a tagarelar sobre um retiro de igreja para onde os pais estão ameaçando mandá-lo.

— Isso é errado — declara Chuck, enquanto espeta uma batata frita.

Depois que acabamos de comer, vamos até as máquinas de pinball nos fundos da lanchonete. Tenho que dizer, nada se compara a colocar seu destino por inteiro em uma pequena esfera de metal que quica em meio a luz, som e plástico. As máquinas ainda custam só 25 centavos, e cada um de nós tem suas superstições. Eu sempre jogo melhor quando uso uma moeda da Georgia ou de Rhode Island. Tony prefere Pensilvânia e Maryland. Sei que Ted tem uma pilha de Connecticuts em uma gaveta em casa; às vezes, trocamos no refeitório para aumentar nossa reserva.

Tony e eu sempre nos revezamos na mesma máquina, coberta de luzes douradas e Elvis. Ela toca "Love Me Tender" se você fizer dez mil pontos. "Can't Help Falling in Love" toca se a fizer 25 mil. Um disparo ruim termina com "Heartbreak Hotel".

Chuck comanda a própria máquina; às vezes, ele divide com Joni, às vezes, joga sozinho, com ela torcendo ao lado.

Cerca de 15 minutos depois que começamos a jogar, Ted e Jasmine também vão para lá.

— O que vocês gays estão fazendo? — pergunta ele a mim e Tony.

— Quem você está chamando de gay, seu otário? — grita Chuck.

— Hã, Chuck? — digo. — Ele estava falando comigo. E com Tony.

— Ah.

Mas Ted não vai deixar passar. Ele bate com uma moeda de Connecticut na máquina de Chuck.

— A próxima é minha — diz ele. — É melhor caprichar desta vez.

Como é a vez de Tony no Elvis, eu recuo um pouco. Enquanto Ted fica de olho grande no jogo de Chuck, Jasmine para ao meu lado.

— O que você está tramando? — pergunto.

Ela dá um sorriso paquerador.

— Quem disse que estou tramando alguma coisa?

Jasmine sempre andou um pouco atrás de mim, talvez só por saber que jamais vou querer ficar com ela.

— Você e Ted estão juntos agora?

— Que nada. Ele só precisa de alguém pra conversar. Mas não precisa de ninguém *sobre quem* falar, isso ele já tem o bastante.

Nós dois nos viramos e o vemos olhando com raiva para Chuck e Joni. Chuck não está nada à vontade com isso, mas não sabe como lidar sem parecer um brutamontes (o que nunca será uma coisa boa com esse grupo). Ele joga um jogo tenso de pinball. E, como qualquer pessoa sabe, um jogo tenso de pinball é um jogo *fadado ao fracasso*. Ele nem chega a oito mil quando perde a última bola. Parece meio atordoado pela pontuação e chega para o lado da máquina para Ted poder jogar.

Eu já sei que Ted vai ganhar. Ele é muito bom em pinball. E quer muito ganhar.

Joni parece estar esperando alguém apertar um alarme. Também sabe o que vai acontecer. Ela coloca a mão no ombro de Chuck, já próxima da zona de consolo.

Ted vê isso e joga com mais intensidade. O jogo de Tony termina em respeitáveis 16.749 pontos. É minha vez, mas não me mexo. Estamos todos olhando para Ted agora.

Normalmente, Ted é barulhento, grita para a bola virar para a esquerda ou quicar para a direita. Mas agora está com uma calma zen. Um observador casual poderia dizer que ele e a bola se tornaram um só, que ele se tornou a bola.

Mas eu sei a verdade.

Chuck é a bola.

E Ted planeja dar uma surra nela.

De batida em batida, depois de cada salvamento, os números vão aumentando. Seis mil. Sete mil. Chuck se apoia na lateral e olha a pontuação.

Pode ser que jamais saibamos se foi esse momento em que ele se apoiou ou se foi a reação de Ted a esse momento em que ele se apoiou que faz a bola virar um pouco e cair na linha estreita entre as pás. A opinião de Ted é alta e clara.

— Você me atrapalhou! — grita ele, batendo a mão na máquina de pinball e cutucando Chuck com a outra.

— Foi sua culpa, cara — grita Chuck em resposta. Ele bate na mão de Ted que está tocando nele.

— Não façam isso — pede Joni.

— Fique de fora — diz Chuck, com rispidez.

— Não diga pra ela o que ela pode ou não fazer! — rebate Ted.

Chuck empurra Ted para longe da máquina. Ted empurra de volta e derruba o boné de Chuck da cabeça.

E então, Tony entra no meio deles e começa a cantar "If I Had a Hammer" o mais alto que consegue.

Não consigo acreditar. Uma vez, falei para ele que a melhor forma de acabar com uma briga é entrar entre as duas pessoas e começar a cantar músicas folk antigas. Mas nunca ouvi falar de ninguém que tenha realmente tentado uma coisa dessas.

Funciona. Enquanto a voz de Tony soa, martelando sobre justiça e alerta e amor entre os irmãos e irmãs de toda a terra,

Ted e Chuck se separam. Joni segura o braço de Chuck e o afasta da área de pinball. Depois de um momento, Jasmine faz o mesmo com Ted e passa o braço ao redor dele apenas depois de Joni se virar para olhar.

— Bom trabalho — digo para Tony.

— Era isso ou "Michael, Row the Boat Ashore".

Olhamos para os casais entre nós e decidimos que é hora de dar um tempo de todo mundo.

Amanhã, vamos para a montanha.

Indo para a montanha

Tony e eu concluímos que a melhor coisa que um garoto hétero com pais religiosos e intolerantes pode fazer por sua vida amorosa é contar para os pais que é gay. Antes de os pais de Tony descobrirem que ele era gay, não o deixavam nem apertar a mão de uma garota. Agora, se ele menciona que vai fazer alguma coisa com uma garota, qualquer garota, eles praticamente o levam até a porta.

Jay e eu esperamos no estacionamento de uma Laundromat a duas quadras da casa de Tony. Ele diz para os pais que vai sair com Mary Catherine Elizabeth, da escola. Eles têm visões imediatas de Conexões Imaculadas e colocam dinheiro nas mãos de Tony. Ele sai de casa vestido para um flerte reprimido. Quando chega no carro, jogo uma bolsa em cima dele, e ele coloca roupa de caminhada. Jay nos deixa no reservatório de água da cidade, e seguimos para a montanha.

Na verdade, não é uma montanha. Nem no sentido das Rochosas, nem no sentido dos Apalaches. Qualquer alpinista sério chamaria de morro. Mas Tony e eu não somos alpinistas sérios. Somos adolescentes gays de cidade pequena que precisam de um lugar com natureza e trilhas de caminhada. Eu saboreio o anonimato das árvores. Já vim aqui tantas vezes que não me importo quando estou perdido.

A primeira vez foi com Tony. É um lugar dele, na verdade. Já nos conhecíamos havia algumas semanas e já tínhamos ido ao cinema e passeado no shopping. Ele me contou que tinha um lugar que queria me mostrar, e, numa sexta depois da escola, fui até a casa dele e andamos por uma hora para chegar a essa reserva. Eu já havia passado por ela um milhão de vezes antes, mas jamais tinha entrado.

Tony sabe os nomes das árvores e dos pássaros. Enquanto andamos por lá, ele mostra para mim. Tento registrá-los na mente, mas a informação não fica. O que importa para mim é o significado emocional dos objetos. Ainda lembro em que pedra conversamos na primeira vez que viemos aqui. Eu sempre cumprimento a árvore em que tentei subir na nossa quarta visita e onde acabei quase quebrando o pescoço. E tem também a clareira.

Tony não me explicou imediatamente. Em nossa segunda ou terceira visita, ele apontou para uma copa de árvores e disse:

— Tem uma clareira ali.

Alguns dias depois, espiamos o local; é claro que havia uma área de grama do tamanho de dois trailers, protegida de todos os lados por galhos, troncos e folhas. Só depois de estarmos frequentando a montanha havia um mês foi que Tony me contou que morou na clareira durante uma semana, a semana seguinte à que os pais descobriram que ele era gay. A mãe decidiu trocar as roupas de inverno por roupas de verão e mexeu nas gavetas de Tony quando ele estava na escola. Encontrou uma revista dobrada em uma camisa de flanela; não era nada grosseiro, só um exemplar velho de *The Advocate* que Tony comprou em uma das idas à metrópole. No começo, ela não entendeu; achou que *The Advocate* parecia o tipo de coisa que um advogado leria. Mas se sentou na cama dele, abriu no sumário, e o segredo de Tony não era mais segredo.

Os pais não expulsaram Tony de casa, mas fizeram com que ele quisesse ir. Não gritaram com ele; o que fizeram foi rezar alto, despejando nele toda a decepção e fúria e culpa na forma de uma conversa com Deus. Isso foi antes de ele me conhecer, antes de conhecer qualquer pessoa que o acolhesse e dissesse que ele era normal. Então, ele pegou uma barraca e roupas, e montou a vida na clareira. Ainda ia à escola e deixava claro para os pais que estava bem. Eles acabaram chegando a uma trégua por meio de uma ligação a cobrar. Tony voltou para casa, e eles prometeram controlar os impulsos de censurá-lo. As orações ficaram mais baixas, mas ainda se espalhavam no ar. Tony não conseguia mais confiar neles, não com a parte gay de sua vida. Agora, guarda os poucos bilhetes de amor que já recebeu em uma caixa na casa de Joni e pega revistas emprestadas em vez de comprar. Só pode mandar e-mails na escola ou na casa de amigos; o computador da família agora controla os sites.

Sei que Tony ainda vai para a clareira de vez em quando, para pensar ou sonhar. Faço um cumprimento silencioso sempre que passamos por ela. Nunca nos sentamos lá juntos. Eu não quero invadir a solidão dele; quero estar perto quando ele decidir sair dela.

— Como estão as coisas com Noah? — pergunta ele agora, quando iniciamos nossa caminhada. Como sempre, a trilha é toda nossa.

— Bem. Estou com saudade dele.

— Você queria que ele estivesse aqui agora?

— Não.

— Que bom.

Damos mais alguns passos, e Tony pergunta:

— Como estão as coisas com Kyle?

Eu amo Tony profundamente porque não há crítica na pergunta.

— Não sei o que está acontecendo — digo para ele. — Kyle me amava, depois não me amava mais. Agora, precisa de mim. Tenho certeza de que em pouco tempo não vai mais precisar.

Andamos mais alguns minutos em silêncio. Porém sei que Tony não deixou o assunto de lado.

— Tem certeza de que isso é saudável? — pergunta ele por fim.

— Acho que é bom ele estar se abrindo — digo

— Não estou falando pra ele. Estou falando pra você.

Fico confuso.

— É ele quem está pedindo ajuda. Por que não seria saudável pra mim?

Tony dá de ombros.

— A questão é que não estou vulnerável desta vez — explico. — Não significa tudo pra mim.

— Você sabia que estava vulnerável da outra vez?

Essa pergunta eu consigo responder com confiança.

— Sim. É claro. Se apaixonar é isso mesmo.

Tony suspira.

— Eu não teria como saber.

A parte de mim que sente saudade de Noah agora tem uma parte igual em Tony. A diferença é que a saudade dele não tem nome e nem rosto.

— Um dia seu príncipe vai chegar — garanto.

— E a primeira coisa que vou dizer pra ele é "Por que você demorou tanto?".

Chegamos à ladeira mais íngreme da montanha. Pegamos galhos caídos para usar como bengalas; não por precisarmos, mas porque é mais divertido andar assim. Começamos a falar em nossa língua (*"Sasquan helderfigglebarth?" "Yeh sesta."*

"*Cumpsy!*"), e paramos quando Tony escuta um grito de pássaro que muito o interessa. (O único grito de pássaro que conheço é o *BIPE-BIPE* do Papa-Léguas.)

Tony dirige o olhar para os galhos mais altos. Não consigo ver nada, mas, depois de um momento, ele parece muito satisfeito.

— Um gringo. Não é nativo desta área. Mas isso o torna mais misterioso.

Eu concordo. Aceito a ideia de que é misterioso.

Continuamos a andar.

— E o que está rolando com você? — pergunto.

— Não muito.

— E como estão as coisas?

— Bem.

RRRRRRRR. Faço um som alto de campainha de game show.

— Me desculpe — digo —, não reconhecemos "bem" como resposta aceitável. Encaramos como ficar em cima do muro na conversa. Por favor, tente outra vez.

Tony suspira de novo, mas não fundo. Ele sabe que está encrencado. Se eu algum dia digo "bem", ele reage da mesma forma.

— Na verdade, venho pensando na vida ultimamente, e uma imagem fica me ocorrendo — diz ele. — Sabe quando você atravessa no meio do tráfego? Você olha a rua e vê um carro chegando, mas sabe que consegue atravessar antes de ele alcançá-lo. Então, apesar de o sinal estar vermelho, você atravessa mesmo assim. E tem sempre uma fração de segundo em que você se vira e vê o carro chegando, e sabe que, se não continuar em movimento, vai ser o fim. É assim que me sinto a maior parte do tempo. Sei que vou conseguir atravessar. Mas o carro está sempre lá, e eu sempre paro pra olhar ele se aproximando.

Ele me dá um sorrisinho.

— Sabe, às vezes eu queria ter a sua vida. Mas tenho certeza de que não seria tão bom nela.

— Eu mesmo não sou tão bom nela assim.

— Você se vira.

— Você também.

— Eu tento.

Eu me vejo pensando em uma coisa que vi no noticiário um ano atrás. Um jogador adolescente de futebol americano morreu em um acidente de carro. As câmeras mostraram todos os amigos dele no enterro, uns caras enormes e fortões, todos chorando, dizendo "Eu o amava. Nós todos o amávamos tanto". Eu comecei a chorar também e me perguntei se aqueles caras tinham dito para o jogador de futebol americano que o amavam enquanto ele estava vivo, ou se era só na morte que essa palavra estranha, *amor*, podia ser usada. Prometi naquele momento que jamais hesitaria em falar o que sentia para as pessoas que eu amava. Elas mereciam saber que davam sentido à minha vida. Elas mereciam saber que eram tudo para mim.

— Você sabe que te amo — digo para Tony agora, não pela primeira vez. — Você é uma das melhores pessoas que eu conheço.

Tony não consegue receber elogios, e aqui estou eu, fazendo o melhor que posso. Ele o descarta com um movimento lateral da mão. Mas sei que ouviu. Sei que ele sabe.

— Estou feliz de estarmos aqui — diz ele.

Mudamos para outra língua; não a nossa língua inventada e nem a língua que aprendemos na vida. Enquanto andamos mais no bosque e subimos a montanha, falamos a língua do silêncio. Essa língua nos dá espaço para pensar e nos movermos. Podemos estar ao mesmo tempo aqui e em outro lugar.

Chego ao pico com Tony, e nos viramos. Estou ciente disso no meu silêncio, mas também estou ciente de Noah e Kyle em seus diferentes destinos, a quilômetros de distância. Estou ciente de Joni, que está em algum lugar com Chuck, não tendo momentos de silêncio a não ser que ele permita. (É um pensamento injusto? Não sei mesmo.)

Não sei onde Tony está enquanto está comigo; talvez esteja apenas concentrado nos cantos de pássaros e na inclinação da luz do sol, que passa pelas árvores em um padrão que decora o braço dele com o espaço entre as folhas.

Mas talvez seja mais que isso. Quando estamos voltando para o caminho principal, Tony se vira para mim e pede um abraço.

Eu não acredito em abraços parciais. Não consigo suportar gente que tenta abraçar sem se tocar. Um abraço deve ser completo; enquanto passo os braços ao redor de Tony, não estou apenas abraçando-o, mas também tentando afastar os problemas por um momento, para que a única coisa que ele consiga sentir seja minha presença, meu apoio. Ele aceita esse abraço e retribui. E então a postura dele desperta um alarme: as costas dele se empertigam no meio do abraço e suas mãos caem um pouco.

Olho para o rosto dele e percebo que ele viu uma coisa atrás de mim. Eu o solto, me viro e vejo dois adultos olhando com cara de bobos.

— Tony? — pergunta a mulher.

Mas ela não precisa perguntar. Ela sabe que é Tony.

Afinal, ela é a melhor amiga da mãe dele.

Todo mundo surta

Tony está de castigo, e a melhor amiga da mãe dele não consegue ficar de boca calada. A rede do grupo da igreja faz hora extra, e, quando chego na escola na segunda-feira, descubro que as apostas de Rip na minha vida amorosa são agora de 12 para um para mim e Noah, dez para um para mim e Kyle, oito para um para mim e Tony, e um ou dois que vou estragar tudo e passar o resto da vida sem um amor correspondido.

No final do dia, as apostas mudaram ainda mais, e estou completamente louco.

Não adianta protestar com as pessoas e dizer que Tony e eu somos apenas amigos (só as pessoas que nos conhecem acreditam em mim, e todo o resto quer acreditar no oposto porque é uma história melhor). Não consigo nem mais falar com Tony; tentei no domingo, mas a mãe dele desligou na minha cara, murmurando alguma coisa sobre influência do diabo, o que eu achei um certo exagero.

— Você acha que eu sou agente do diabo? — pergunto a Lyssa Ling, depois que ela me conta sobre as apostas de Rip e me entrega a lista do meu comitê do Baile Aristocrático.

— Eu esperaria que um agente do diabo fosse mais atraente que você — responde Lyssa imediatamente.

Antes que eu possa me ofender, dou uma olhada na lista do comitê... e engulo em seco.

— Hum, Lyssa? Você colocou Trilby Pope e Infinite Darlene no meu comitê?

— E daí? Já foi divulgado. Está feito.

— Obviamente, você não percebe as implicações disso. Elas duas ODEIAM A FUÇA UMA DA OUTRA. Não podem ficar juntas no meu comitê.

— As duas queriam planejar, e não sou eu quem vai escolher favoritos. Elas vão ter que dar um jeito. E você também.

Com isso, ela aperta a prancheta contra o peito e sai andando.

Cheguei cedo à escola para encontrar Noah e saber como foi o fim de semana. Mas, antes que eu consiga encontrar Noah, Kyle me encontra.

— Temos que conversar — diz ele, com urgência.

— Que tal depois da aula? — pergunto.

— Não. Agora.

Enquanto Kyle me arrasta até o armário do zelador, consigo ver a escola inteira observando pelos olhos das poucas pessoas no corredor. Só posso imaginar o que estão pensando e o que vão dizer.

O armário do zelador tem as tradicionais vassouras, rodos e baldes. Mas, no centro, há um computador de última geração. Nossa equipe de zeladores é uma das mais ricas do país por causa do talento para compra e venda de ações. Eles poderiam ter se aposentado há muito tempo, mas têm compulsão por limpar escolas.

— O que foi? — pergunto a Kyle, tentando ignorar o letreiro digital da bolsa de valores rolando na tela do computador.

Parte da confusão sumiu do rosto dele e foi substituída por urgência decisiva. Ele não parece triste e nem feliz. Parece tão sem emoção quanto um fato.

— Minha tia morreu no fim de semana — diz ele —, e decidi que eu e você devemos ficar juntos.

Antes que eu possa dizer qualquer coisa, ele prossegue.

— Ela não era muito velha, só tinha alguns anos a mais que a minha mãe. Sempre morou longe, então eu não a conhecia direito até ela se mudar pra cá pra fazer o tratamento. O marido dela também veio. Eles se casaram dois dias depois que ela recebeu o diagnóstico. Ele prometeu nunca sair do lado dela, e não saiu. Não sei como descrever. Ela podia estar vomitando ou tremendo ou totalmente ausente, mas ele se ajoelhava ao lado dela, olhava nos olhos dela e dizia "Estou aqui". E a forma como ele dizia *Estou aqui* era ao mesmo tempo um "eu te amo" e um "aguente firme" e "eu faço qualquer coisa, simplesmente qualquer coisa", todos esses sentimentos tão intensos em uma única frase calma. Se ele precisasse sair do quarto, tomava o cuidado de deixar o ursinho do lado dela, eles o chamavam de Quincy, pra ficar em seu lugar. Perto do final, houve alguns poucos momentos em que ela ficou nervosa logo depois de ele sair do quarto, mas ele voltava rápido, como se soubesse exatamente o que ela estava sentindo. Fui até o quarto no sábado cedo e o vi encolhido na cama de hospital, cantando músicas dos Beatles e olhando nos olhos dela. Não consegui entrar. Só fiquei na porta chorando, porque foi tão triste e tão lindo.

"Naquela noite, fiquei acordado pensando. Pensei em todas as coisas idiotas que fiz, e você estava no topo da lista. Você me deu uma coisa, Paul. E acho que não percebi até ver Tom com minha tia Maura. Aí, eu soube. Eu soube o que queria."

Ele nota minha expressão e ri, o que só piora as coisas, porque gosto mais dele por causa disso.

— Não se preocupe — diz ele. — Não estou pedindo você em casamento, nem pra se encolher comigo numa cama de hospital. Não sei o que estou pedindo. Só sei do seguinte: eu quero uma coisa *real*. Sei que sou jovem e sei que "real" não significa pra sempre, como foi com Tom e tia Maura. Mas quero sentir que a vida importa. Eu tinha uma coisa real com você, mas a realidade me assustou. Eu decidi procurar outras coisas.

— Como Mary Anne McAllister?

— Olha, eu surtei com você. E agora estou surtando por causa disso. Estou péssimo. Tia Maura morreu ontem à noite, quando estávamos voltando pra casa. Tenho que ir ao enterro amanhã de manhã. Vai ser a pior coisa do mundo. E eu... não sei. Eu queria falar com você antes disso.

O que posso dizer? Penso nele de pé naquela porta de quarto de hospital; *foi tão triste e tão lindo*. Porque, sim, eu entendo. Nesse momento, com lágrimas nos olhos ainda não liberadas, Kyle está tão triste e tão lindo.

Ele precisa de mim.

Sei que devo ir até ele. Kyle não vai se aproximar de mim. Abro os braços, e ele se aconchega. Eu o abraço enquanto ele treme. Acaricio seu cabelo. Sussurro palavras carinhosas. Ele afasta o rosto, com as lágrimas escorrendo agora, e eu o beijo. Só uma vez, para poder afastar algumas das lágrimas. Só uma vez, porque quero que ele saiba de uma coisa. *Estou aqui.*

Nós nos abraçamos de novo, e consigo sentir o momento se afastando de nós. Estamos passando para um momento em que teremos que abrir a porta e ir para a aula. O que temos agora é real, mas é uma realidade isolada. É a realidade de um momento, de uma calma separada. Quando abrirmos a porta, a vida vai recomeçar. Vamos voltar a ficar confusos.

Sei que Kyle não vai me pedir mais nada. Sei que afastei um pouco do surto dele e o transformei em meu.

Mesmo no armário do zelador, o sinal do primeiro tempo toca. Kyle limpa o rosto na camisa, não o mais delicado dos gestos, e pega a mochila.

— Obrigado — diz ele.

— Não tem problema — respondo, e imediatamente me arrependo da escolha de palavras.

Quando chegamos no corredor, seguimos por caminhos diferentes. Não tenho tempo para procurar Noah. Parte de mim está aliviada.

Espero vê-lo depois do primeiro tempo, quando já terei conseguido transformar o momento com Kyle em um surrealismo de sonho, a ponto de conseguir fingir que não aconteceu. Tenho um bilhete na mão para Noah, mas ele não aparece para pegar.

Sincronia ruim, concluo. Depois do segundo tempo, sigo direto para a sala de aula onde ele estava. Mas Noah também não está me esperando lá. E embora uma hora e meia antes eu estivesse um tanto feliz por evitá-lo, agora estou um tanto com medo de ele estar *me* evitando.

No intervalo seguinte, sigo para a sala onde ele tem aula no quarto tempo em vez de ir para a sala de onde ele estaria saindo no fim do terceiro tempo. E, dessa forma, nossos caminhos se cruzam. Ele *parece* feliz em me ver, mas não tenho certeza se *está* feliz em me ver. Noah pega meu bilhete e diz que devíamos "entrar em contato" no almoço.

Ele não tem um bilhete para mim.

Fico nervoso por causa disso no caminho para o almoço, também me perguntando qual será a reação de Kyle se eu o vir novamente. Enquanto sigo distraidamente para o refeitório, sou surpreendido por Infinite Darlene.

— *Preciso* falar com você agora mesmo. Estou *revoltada*! — exclama ela.

Aí vem, penso. Tenho certeza de que Infinite Darlene soube que está no mesmo comitê que Trilby Pope. E tenho certeza de que está ressentida.

— Não é minha culpa — digo, na defensiva.

— Como poderia ser? — pergunta Infinite Darlene, lançando um olhar torto. — Você não teve nada a ver com o fato de que Truck sequestrou o coração de Joni. E agora todos os meus medos se realizaram. Ele é um ser sub-humano terrível, terrível.

— O que você está me contando? — pergunto a ela.

— Minha nossa, você não soube? Truck e eu tivemos uma certa altercação ontem, e infelizmente a verdade surgiu. — Infinite Darlene faz uma pausa dramática. Mas, ao ver que eu ainda estava no escuro, retoma a história. — Foi no ônibus, voltando pra casa do jogo em Passaic. Ele estava emburrado como um pitbull porque achou que escolheu as jogadas erradas. Repare que vencemos o jogo de qualquer modo, mas isso não é importante. Eu disse alguma coisa que o irritou, não consigo lembrar bem o que, e ele rebateu com alguma coisa do tipo "Ah, talvez a gente tivesse marcado mais se você tivesse passado a bola pra mim mais vezes", e eu respondi "Querido, você *sabe* que não vou dar passes pra você". Um sorriso cruel surgiu no rosto dele, e ele disse "Mas eu marco gols mesmo assim, e não tem nada que você possa fazer pra impedir". Eu falei "Então é *por isso* que você está fazendo isso?". Ele sorriu ainda mais. Seus olhos eram puro rancor. E eu soube. É disso que se trata. Não de Joni. Não de amor. Ele está se vingando de mim. Vai magoar meus amigos, e vai ser minha culpa a não ser que eu impeça. Ele nos odeia, Paul. Não se engane.

Mesmo para Infinite Darlene, isso parece um pouco demais.

— Você não acha que Joni conseguiria ver se ele estivesse planejando isso?

Infinite Darlene coloca a mão no meu ombro e me olha fundo nos olhos.

— Fala sério, Paul — diz ela. — Todos nós sabemos que o amor leva a gente a fazer coisas idiotas.

Assim de perto, eu consigo ver por todas as camadas de Darlene. Por baixo do rímel e do batom e da marca de catapora no lábio inferior, por baixo da garota e do garoto, até a pessoa no centro de tudo, que está preocupada e confusa e é sincera. Eu me pergunto se ela também consegue ver pelas minhas camadas, através de minha paz mal controlada, até toda a confusão amorosa por baixo. Não tem como ela saber que beijei Kyle a não ser que veja no meu rosto. Eu me pergunto se meu surto é tão legível quanto o dela.

— Temos que fazer alguma coisa — diz ela. — Temos que impedi-lo.

— Como?

— Não sei. Primeiro de tudo, você precisa conversar com Joni.

Eu sabia que ela diria isso.

— Você quer que eu conte pra ela que o único motivo de Chuck estar saindo com ela é pra se vingar de você?

— Não exatamente com essas palavras, mas sim.

— E você acha que ela vai me ouvir?

— Querido, se ela parou de ouvir você, isso é um problema maior que qualquer outro.

Sei que isso é verdade.

— Tudo bem — digo. Espero que Infinite Darlene fique aliviada com isso, mas ela não parece aliviada.

— Eles estão ali — insiste ela, apontando para Joni e Chuck no refeitório, de alguma forma comendo e se agarrando ao mesmo tempo. — Agora é tão boa hora quanto qualquer outra.

Naturalmente, quero procurar Noah (não quero?), mas não consigo encontrar um jeito de dizer não para Infinite Darlene. Sigo até Joni sob o olhar atento dela.

Joni nem se desgruda de Chuck quando chego perto. Ela deixa que ele coloque a mão em seu bolso traseiro. Luto contra a vontade de *eeeeca*.

— E aí? — pergunta ela. Parece na defensiva, então o *eeeeca* deve ter ficado evidente.

— Podemos conversar?

— Claro. — Ela não se move.

— Em algum outro lugar.

Ela olha para Chuck, que está olhando para mim.

— Podemos conversar aqui, não podemos? — diz ela, virando-se na minha direção.

— Não.

É uma palavra tão simples... *não*. Mas tem a força de um tapa. Não vou falar com Joni na frente de Chuck porque não foi o que fui ali fazer. E Joni não vai ceder. Já sei disso. E esse som que você ouve, esse *não*, esse tapa, é o som de nossa amizade assumindo um tom de guerra.

— Por que não podemos conversar aqui?

— Porque quero falar com você em particular.

— Ah, agora não dá. Estou ocupada.

Ocupada com a mão de Chuck no bolso de trás e ele se entupindo de batata frita, possivelmente pensando que sua vingança contra Infinite Darlene está funcionando perfeitamente.

— Desculpem o incômodo, então — digo, torcendo para que isso lance uma última adaga de culpa na direção dela.

Eu me viro abruptamente porque fico com medo de ver se consegui a reação que queria.

Não consigo encontrar Noah no refeitório. Quero muito vê-lo agora. Saio perguntando, e Oito me conta que o viu perto do campo de futebol com a câmera. Sigo imediatamente naquela direção.

Ele está exatamente onde Oito disse que estaria: na beirada do campo, no espaço entre a linha do gol e o bosque que tem atrás. A câmera está na altura do olho, a postura, silenciosamente observadora. Estou me aproximando por trás dele, mas não consigo perceber o que está fotografando. Vejo arquibancadas vazias com uma lata de lixo pela metade do lado e mais nada.

Há um clique suave, depois outro. Dou uma volta e paro na lateral de Noah. Olho para o cabelo desgrenhado e para o moletom azul com capuz e percebo o quanto senti falta dele. Mais que tocar nele ou beijá-lo, o que quero mesmo é conversar com ele.

Sinto que o Paul que beijou Kyle é uma pessoa completamente diferente do Paul que gosta de Noah. E, nesse momento, sou completamente o Paul que gosta de Noah. O outro Paul está em outro país.

— Oi — digo.

Ele se vira para mim com a câmera ainda na altura do olho. Não sorri e nem responde. Mantém a concentração enquanto me vê pelo visor.

Eu chego mais perto, até conseguir me ver refletido no vidro da lente.

— Todo mundo está surtando — continuo. — *Eu* estou surtando. Tem tanta coisa acontecendo. Meu Deus, senti saudade de você. Me desculpe por estar tão distante.

Ouço outro clique. Dou um sorriso depois que a foto foi tirada.

— Tudo bem — diz Noah.

Ele abaixa a câmera, e consigo ver sua expressão agitada.

— Como foi seu fim de semana? — pergunto.

— Bom. Pensei em algumas coisas.

Pela forma como fala, consigo perceber que essas coisas são eu e que não vou gostar do que vem depois.

— Como o quê?

— Como... que talvez a gente deva ir mais devagar. Dar um tempo.

Eu concordo com a cabeça, como se entendesse o que ele está dizendo. Mas pergunto:

— Por quê?

— Porque eu preciso.

— Por quê?

— Porque... eu sinto... sinto que não conheço o que sinto. Eu gosto muito de você, mas não sei o que isso quer dizer. Não sei o que você quer de mim. E não sei se posso dar a você ou não. Fui pra casa esse fim de semana e pensei nessas coisas. Falei com minhas velhas amigas sobre você e sobre mim, e, ao ouvir tudo em voz alta, percebi que me meti em uma coisa pra qual talvez não esteja preparado. Quero dizer, sei que você não vai me magoar, mas ao mesmo tempo não quero me jogar em um lugar onde posso ser magoado. Chloe, Angela e Jen me mostraram isso, e consigo ver o que elas querem dizer.

A mensagem está clara para mim.

— Você está surtando — digo.

Ele sorri um pouco ao me ouvir.

— Pode ser. Mas preciso entender tudo. E não posso ficar com você enquanto faço isso.

— Você está analisando demais — argumento. No fundo da mente, estou pensando: *Tem tantos outros motivos pra você terminar comigo. Por que isso?*

Ele leva a câmera até o olho.

— Não tire minha foto — digo.

— Tudo bem.

Ele abaixa a câmera novamente.

— Quer fazer alguma coisa hoje à tarde?

Ele balança a cabeça.

— E na quinta? — oferece ele.

— Quinta — repito. Será que tem algum tipo de equação que ele está seguindo que torna sair na quinta permitido, mas não esta tarde?

Eu não quero, mas meio que entendo o que Noah quer dizer. *Tenha cuidado*, está dizendo. Quero que ele tenha cuidado comigo também. E às vezes ter cuidado dá a impressão de que precisa ser devagar. Principalmente se você ficou com alguém rápido e descuidado antes.

Ele parece muito nervoso. Ainda *gosta* de mim, mas isso está fazendo com que ele surte.

— Está bom? — pergunta ele, recuando um pouco.

— E na terça? — digo.

— Quarta. — A seriedade dele está desmoronando.

— Terça e meia.

— Terça e três quartos.

Como não consigo pensar no que tem entre metade e três-quartos com rapidez, concordo em vê-lo na terça e três quartos.

— Só preciso pensar.

Eu sei que não devia, mas me inclino e o beijo. Eu aperto a câmera dele, e ela tira fotos de nossos pés quando ele retribui o beijo.

— Isto é algo em que pensar — diz ele, quando nos separamos.

Mas não cede completamente.

— Terça e três quartos — repete ele.

— Terça e três quartos — concordo.

Quando ele vai embora, sinto falta dele. Sei que vou sentir falta dele pelo resto do dia e amanhã, e nos três quartos depois.

Apesar de ele não saber sobre o Paul que beijou Kyle, apesar de eu não conseguir pensar em nada que poderia ter dito ou feito para fazer com que ele surtasse, sinto que é tudo minha culpa. Eu provoquei o destino, e agora o destino está me dando uns chutinhos em resposta.

O pior é que não tenho com quem conversar. Tony está exilado, Joni está vivenciando uma paranoia, Ted não é uma opção de verdade, e Infinite Darlene provavelmente me diria que estou tendo o que mereço. Assim, todas as palavras ficam contidas na minha mente e não me deixam em paz.

Passo o resto das aulas no mundo da lua. De repente, Joni me puxa de volta à Terra.

— O que você estava tentando fazer no almoço? — pergunta ela, quando estou colocando livros no meu armário.

Reparo que Chuck não está com ela.

— Ei — digo —, onde está seu apêndice?

Ela bate a porta do meu armário e quase prende meus dedos.

— Estou cansada disso, Paul — grita ela. — Estou cansada de sua atitude e de todo mundo. Você quer que tudo fique igual. Quer que eu volte com Ted e que todos nós fiquemos no mesmo grupinho para o resto de nossas vidinhas. Mas não vou ser assim. Meu mundo é maior que isso.

Meu mecanismo de defesa foi acionado.

— Você está citando Chuck diretamente ou só parafraseando? — pergunto, mais para irritá-la do que por achar ser verdade.

Na mosca. Se meu armário tivesse se aberto, ela bateria a porta de novo, dessa vez com minha cabeça no caminho.

— Você se acha tão bom amigo, né? — rosna ela. — É por isso que Tony está de castigo e Infinite Darlene consegue botar você pra fazer o trabalho sujo dela?

— Do que você está falando?

— Eu sei o que ela anda dizendo sobre mim e Chuck.

— E você ao menos parou por uma fração de segundo pra se perguntar se é verdade? Infinite Darlene é sua amiga, lembra?

— Ela *era* minha amiga.

— Que nem eu, é?

Eu a induzi a isso, mas ainda levo um susto quando ela diz:

— Que nem você.

É Kyle, dentre todas as pessoas, que interrompe esse momento.

— Oi, Paul! Oi, Joni.

Ele se aproxima e me lança um olhar ansioso. Tento ignorar, mas os olhos de Joni se arregalam um pouco. Ela viu; não sei exatamente o que, mas não vai passar ileso.

Não consigo mais aguentar. Estou surtando porque sei que cometi um erro com Kyle, e estou surtando porque não parece ser de todo um erro. Estou surtando porque minha amizade com Joni está passando por um momento delicado depois de dez anos, e estou surtando porque ela não parece se importar. Estou surtando porque Noah parece não saber o que quero dele, e estou surtando porque não sei o que eu poderia dar a ele em retribuição. Estou surtando porque fui pego no flagra, e não por outra pessoa, mas por mim mesmo. Eu vejo o que estou fazendo. E não consigo me impedir de piorar as coisas.

Então, saio correndo. Peço desculpas e saio correndo. Pela porta. Para fora da escola.

Mas não para longe.

Não consigo ir para longe.

Quando chego em casa, encontro um bilhete de Noah no bolso da frente da minha mochila. De alguma forma, ele conseguiu colocá-lo sem que eu reparasse. Como lembro que tirei uma calculadora do bolso depois do almoço, sei que ele se aproximou de mim depois que eu o vi. O bilhete só tem uma linha, mas tenho certeza de que é a letra dele.

O bilhete diz:

Não acredito que você beijou ele.

Outro lugar

Desde que eu era pequeno, faço essa coisa que chamo de "Ir para Outro Lugar". É quase como meditação, mas, em vez de limpar a mente, tento me colorir. Eu me sento no meio do quarto, no chão, e fecho os olhos. Coloco músicas que sei que vão me levar para o Outro Lugar certo. Eu me encho de imagens. E vejo-as se desenrolarem.

Meus pais e até meu irmão são legais e me deixam fazer isso. Eles nunca me perguntam por que preciso fugir. Respeitam minha porta fechada. Se alguém liga, eles dizem para a pessoa que estou em Outro Lugar e que voltarei logo.

Quando chego em casa depois da aula, a casa está vazia. Escrevo um bilhete no bloco na mesa da cozinha, *Em Outro Lugar*, e sigo para o meu quarto. Coloco "Always", do Erasure, e tiro os sapatos. Eu me sento exatamente no centro do quarto. Quando fecho os olhos, começo com vermelho.

As cores vêm primeiro. Vermelho. Laranja. Azul-marinho. Flashes de cores sólidas, como papéis de origami iluminados por luzes da televisão. Depois de passar pelas cores, visualizo estampas: listras, diagonais, bolinhas. Às vezes, passo por uma imagem em uma fração de segundo. Em outras, me demoro. Faço uma pausa no caminho para o Outro Lugar. E, de repente, estou lá.

Nunca tenho um plano. Nunca sei o que vou ver depois que acabam as cores e as estampas.

Desta vez, é um pato.

Ele surge nadando e me chama. Eu vejo uma ilha, a tradicional ilha deserta, com água azul cristalina, areia perfeita e uma palmeira curvada para o lado. Sigo para lá e me deito olhando para o céu. Consigo sentir Joni batendo na porta, mas não a deixo entrar. Quando vou para o Outro Lugar, viajo sozinho. Conchas circulam minha sombra. Estico a mão e pego uma, esperando ouvir o mar. Mas as conchas estão silenciosas. Tony passa andando e acena. Parece feliz, e fico feliz. Ouço vulcões ao longe, mas sei que estou em segurança. O pato passa andando perto dos meus pés. Dou uma gargalhada por causa dos movimentos dele. O pato mergulha na água e começa a deslizar. Eu o sigo, pois quero nadar.

Começo a afundar. Não estou me afogando; não há luta, não há medo. É o oposto de flutuar, uma simples queda para baixo. Estou descendo por água vazia, sem saber o que há embaixo. Espero encontrar pedras, peixes, destroços. Mas encontro Noah em seu estúdio, pintando cores em uma tela. Tento ver o que ele está pintando, mas não consigo. Penso que ele não está pintando um quadro. Está pintando emoções, e cada cor que usa significa dor. Tento nadar para longe, mas fico suspenso. Aqui não é o Outro Lugar; aqui é Algum Lugar. Tento voltar para as cores e estampas, mas todas elas agora vêm do pincel de Noah. Tento voltar para a praia, para o vulcão. Mas até a música na minha cabeça diz que não há escapatória. E sei disso. Estou flutuando para a superfície agora. Noah fica menor, seu quarto diminui. Mas sei que é meu destino final. Ele é onde quero estar.

Não abro os olhos. Ainda não. Estou de volta agora; estou sentado no centro do meu quarto e ouço os passos do meu irmão na escada.

Às vezes, a distância entre saber o que fazer e realmente fazer é uma caminhada bem curta. Outras vezes, é uma extensão impossível. Enquanto estou sentado de olhos fechados, tento avaliar a distância entre mim e as palavras que terei que dizer. Parece longe. Muito longe.

Ainda não estou pronto.

Coloco a mão no bolso e sinto o contorno do bilhete de Noah. *Não consigo acreditar que você beijou ele.* Seria tão fácil ficar obcecado pela maneira como ele descobriu. Mas isso é só uma digressão especulativa. O verdadeiro problema é que é verdade.

Eu abro os olhos. Pego meu dever de casa e o faço com ainda menos entusiasmo que o habitual.

Decido ligar para Tony. A mãe dele atende.

— Posso falar com Tony, por favor? — peço.

— Ele não está — responde a mãe dele friamente.

— Onde ele está? — pergunto.

Ela desliga.

Ligo para minha amiga Laura e fico aliviado por ela não estar na casa da namorada. Peço para ela ligar para Tony e ver se ele está bem (tenho certeza de que a mãe dele vai passar a ligação de uma garota). Ela concorda na mesma hora e retorna a ligação 15 minutos depois para me contar que ele está se sentindo deprê, mas que dá para sobreviver à situação. Os pais dele o mantêm sob observação constante, com medo de ele roubar alguns beijos se eles não estiverem montando guarda. As chances de eu conseguir vê-lo no futuro próximo rivalizam com as de eu me tornar campeão mundial de peso-pesado.

No jantar, meus pais percebem meu humor. Eles tentam desviar do assunto no começo, mas a curiosidade é mais forte e, na hora da sobremesa, perguntam com tudo.

— O que está acontecendo? — pergunta minha mãe.

— Você está bem? — ajuda meu pai.

— O que você fez agora? — pergunta Jay.

Conto para eles o que aconteceu com Tony.

— Talvez seja hora de enviar os soldados do PALG — sugere Jay.

Em nossa cidade, o PALG (Pais e Amigos das Lésbicas e Gays) é tão presente quanto a APM (Associação de Pais e Mestres).

Minha mãe assente afirmativamente para o meu irmão enquanto meu pai balança a cabeça negativamente por causa dos pais de Tony.

Volto correndo para o meu quarto antes de começar a tagarelar sobre Noah. Jay toca no assunto mesmo assim.

— Dia cheio? — pergunta ele, com a cabeça enfiada na porta.

— Qual foi sua aposta? — pergunto, pois sei que ele deve ter sabido das coisas por Rip.

— Eu não apostei — diz ele, e espera um segundo. — Só me faça o favor de me dar a dica quando souber que lado vai escolher.

— Vou fazer isso — respondo.

— Aguente firme, Paul. — Ele fecha a porta delicadamente.

Tento me armar com distrações. Termino o dever de casa. Leio um livro. Desço e assisto televisão. Mas a imagem do Outro Lugar, de Noah no estúdio, não sumiu.

Não consigo acreditar que você beijou ele.

É só às 23h que decido que não aguento mais. Sei o que preciso fazer.

Meus pais estão no quarto deles, vendo um programa policial na TV a cabo.

— Tenho que sair — digo para eles. — Sei que está tarde e sei que vocês provavelmente não vão deixar, mas preciso fazer alguma coisa porque, se eu não fizer, ficarei acordado a noite toda e, quando conseguir falar com Noah, provavelmente vai ser tarde demais.

Meus pais se entreolham e conversam sem falar.

— Você pode ir, desde que use o colete protetor reflexivo — diz minha mãe.

— *Mãe.*

— Não vamos deixar você andar lá fora no meio da noite sem o colete. Fim da discussão. Você decide.

Vou até o armário perto da porta da frente e tiro a horrível besta laranja de poliuretano. Eu a visto e volto para o quarto dos meus pais.

— Satisfeitos? — pergunto.

— Volte até meia-noite.

Nem tenho tempo para pensar nas palavras que vou dizer. Tenho que acreditar que elas estarão lá quando eu precisar delas

Garoto perde garoto

Jogo pedrinhas na janela de Noah. Finalmente, a luz se acende. Ele abre a janela e olha. E então, começa a jogar pedrinhas em mim.

— Vá embora — sussurra-grita ele.

— Preciso falar com você — sussurro-grito em resposta.

— Mas eu não preciso falar com *você*.

— *Por favor.*

Ele fecha a janela e apaga a luz. Espero um minuto e desisto. Foi burrice vir aqui, burrice esperar ser tratado melhor do que mereço.

Quando chego na rua, ouço uma porta se abrir. Noah sai de casa descalço, e volto para a calçada. As casas vizinhas estão silenciosas. Consigo ouvir Noah inspirar, esperando que eu fale. Olho para os pés dele no cascalho, para a calça do pijama e para a camiseta surrada da RISD.

— Por que você está usando esse colete horrendo? — pergunta ele.

— Meus pais me obrigaram — explico. E começo a tirá-lo.

— Não me lembro de ter dito que você podia tirar a roupa — diz Noah secamente. Eu fico com o colete.

O tom parece quase familiar. Mas então lembro por que estou aqui no meio da noite.

— Me desculpe — digo, finalmente olhando nos olhos dele. — Não sei o que você ouviu e nem como ouviu, mas quero que saiba que foi uma coisa que aconteceu. Ele precisava de mim de uma maneira muito séria, então eu o beijei. Só uma vez. Só por um momento. Eu não estava pensando em você nem em mim. Estava pensando nele.

Faço uma pausa, mas prossigo.

— Sei que isso não torna o gesto certo. E sei que não devo ser sua pessoa favorita no momento. Mas a questão é que ainda gosto de você e quero ficar com você. Não quero ter que esperar até quinta, nem até semana que vem, nem até o ano que vem. Quero conversar com você e ser aleatório com você e ser ridículo com você. Não sei o que quero de você, e não sei o que você quer de mim. Se é que queremos alguma coisa. Mas o que sei é que não quero que você me odeie por causa de um beijo espontâneo.

Paro aqui para ver a reação de Noah. O rosto dele me mostra mais mágoa que raiva. Não sei se ele vai simplesmente sair andando ou se vai me agredir.

— Então você beijou ele *mesmo*? — pergunta ele.

— Beijei.

— Quando?

— Hoje de manhã.

— Hoje de manhã?

— É.

— Tudo bem — diz ele. — O que quero saber é o seguinte. O tempo todo, eu supus que você e Tony eram apenas amigos. Isso quer dizer que vocês são mais que isso?

Hesito.

— O que você quer dizer? — pergunto.

— O que quero dizer é: essa foi a primeira vez que você beijou Tony?

— Tony? — Tenho vontade de dar uma gargalhada.

— É, Tony.

Agora estou sorrindo, apesar de tudo.

— Eu não beijei Tony. Foi *isso* que você ouviu? Ah, Deus! Eu estava no parque com ele ontem, e nos abraçamos porque ele estava chateado. Foi só isso.

Eu concluo que isso vai esclarecer as coisas. Mas Noah parece mais confuso que nunca.

— Então quem você beijou hoje de manhã? — pergunta ele.

Ops.

— Hã... er...

— Hã? Er?

Idiota. Idiota. Idiota.

— Kyle? — digo.

Noah arregala os olhos. Ele está totalmente desperto agora.

— Seu *ex-namorado* Kyle?

Eu concordo.

Agora é Noah quem está rindo.

— Cara — diz ele —, eu tenho mesmo um *ótimo* gosto pra garotos. Acho que preferia que você beijasse Tony. Mas Kyle... uau.

— Eu posso explicar — interrompo, embora ache que *já* expliquei.

— Não se incomode — diz Noah. — De verdade. Você não ia me contar, ia?

— Mas eu *contei* — observo. Eu devia ter pelo menos isso a meu favor.

Noah prossegue.

— Quando eu estava fora no fim de semana, saí com minhas três melhores amigas. Contei pra elas sobre você. E sabe o que elas disseram? Elas me aconselharam a tomar cuidado. Chloe, Angela e Jen argumentaram que me entrego demais pras pessoas. Acho que as coisas parecem boas demais pra ser verdade, e acaba que estão *mesmo* boas demais pra ser verdade. Eu gostava *tanto* de você, Paul. Você não faz ideia de como isso foi difícil pra mim. Chegar a uma cidade nova, deixar tudo que amo pra trás... e, de repente, colocar toda a esperança e confiança em um estranho. Fiz isso com Pitt, e depois, apesar do fato de ter jurado que não faria de novo, comecei a fazer com você. Por sorte, não cheguei tão longe. Por sorte, estou descobrindo isso agora em vez de daqui a dois meses.

Vejo bem para onde isso está indo. Quero impedir.

Por favor, não faça isso — digo baixinho.

Ele começa a recuar.

— Eu não estou fazendo — diz ele. — Você já fez.

— Foi só um beijo!

Noah balança a cabeça.

— Nunca é só um beijo. Sabe disso. Portanto, vá pra casa.

Estou começando a chorar. Não tenho controle sobre isso. Tento segurar, ao menos até ele voltar para dentro de casa e parar de olhar para mim. Agora ele está com raiva, e sinto a dor, uma dor que é mais dolorosa porque foi causada por mim mesmo. Tudo que ele queria era que eu tomasse cuidado. E eu fui descuidado. Tão descuidado.

— Boa noite — digo, quando ele sobe para a varanda.

—Boa noite — responde ele. Por hábito, por gentileza, quem sabe?

Ando para casa no meio da rua, sozinho com meus pensamentos e minha frustração. O mais louco de tudo é que ainda sinto uma fagulha de esperança. Sei que não tem nada que eu possa dizer ou fazer agora para mudar a opinião de Noah sobre mim. Mas em pouco tempo o agora vai ser minutos atrás e dias atrás e semanas atrás. O que sinto por Noah não pode ser apagado com uma conversa de encerramento. O fato de me sentir tão terrível é uma prova perversa do valor e do significado dele para mim.

Eu me meti nessa confusão. Sou capaz de me tirar dela.

Ou é o que eu acho.

Lidando com os viciados em clubes

Minha mãe me encontra na manhã seguinte quando estou decidindo se vou sair da cama ou não. Eu não entendo por que posso ficar em casa quando estou com febre (uma coisa que passa com o tempo), mas tenho que enfrentar os deprimentes corredores quando não há uma única pessoa que quero ver (uma coisa que pode ou não passar). Tento elaborar uma desculpa rapidamente, mas, antes que consiga abrir a boca, ela diz:

— Nem tente. E não deixe de pendurar o colete de segurança no armário antes de sair. Não largue no chão assim.

Pego no flagra duas vezes. Não é uma boa maneira de começar o dia.

Fico neurótico quanto ao que vestir. Porque de repente cada peça de roupa tem alguma coisa a ver com alguém. Camisas que Joni me ajudou a escolher. A calça que usei na noite em que conheci Noah. As roupas de ontem jogadas nas costas da cadeira; é incrível pensar que beijei Kyle e fui dispensado por Noah durante o ciclo de uso de uma calça jeans.

No final, remexo no fundo do armário e encontro um suéter que minha tia me deu de aniversário no ano passado. É laranja e verde, e ressalta o laranja dos meus olhos apesar de eles costumarem ser verdes. A gola é um pouco apertada, e as mangas são um pouco compridas demais. Porém uso mesmo assim.

Concluo que é meu novo começo... ou meu último recurso.

A primeira pessoa em quem esbarro quando chego na escola é Rip, o gerenciador de apostas. Consigo perceber que ele estava me esperando. Rip fica olhando meu suéter por um momento, mas não fala nada sobre ele.

— Então é isso? — pergunta ele. — Você não ficou com ninguém, certo?

Tecnicamente, concluo que é verdade. Perdi Noah. Não quero Kyle. Tony nunca foi opção.

Não tenho ninguém.

Mas...

Penso em Noah de novo.

— As apostas ainda não acabaram — digo para Rip.

— Me parecem bem acabadas — declara ele, com um sorriso. Consigo vê-lo contando o dinheiro mentalmente.

Surpreendo a mim mesmo ao colocar a mão no ombro dele e pensar em uma metáfora esportiva.

— Me escuta — digo. — Você não pode fazer uma bolsa de apostas no Super Bowl e declarar o vencedor no meio da temporada. No que me diz respeito, ainda não chegamos nem nas finais. Se você começar a recolher o dinheiro, vou dizer pra todo mundo que você os está enganando. As pessoas não vão gostar disso.

Rip pensa por um momento.

— Te dou até o Baile Aristocrático — diz ele. — Assim, mais pessoas podem apostar.

Eu concordo e tiro a mão do ombro dele.

Quando ele se afasta, Infinite Darlene aparece atrás de mim.

— Rip nunca namora ninguém — observa ela.

— Por quê? — pergunto.

— Ele não gosta das chances de perder uma aposta dessas.

Infinite Darlene está olhando fixamente para o meu suéter agora.

— Sei que eu deveria odiar — diz ela —, mas, na verdade, até gostei.

— Obrigado, eu acho.

Ela está vestida impecavelmente, com uma camiseta vintage de *As Panteras* e uma saia branca de imitação de couro. (Não tenho ideia de onde ela tira isso. Na verdade, também não tenho ideia de como ela põe.)

— Como você está? — pergunta ela.

— Não consigo nem começar a contar — reclamo, e acabo soltando a história toda.

— Ah, querido — consola ela quando acabo de falar. — É como minha avó dizia: quando você pensar que a vida jogou você na sarjeta, um furacão vai aparecer e destruir sua casa.

— E depois você reconstrói? — pergunto.

— Ah, ela nunca mencionou essa parte, mas acho que pode acontecer.

Não me sinto animado.

Em seguida, para piorar, Infinite Darlene diz:

— E então, querido, você está pronto pra reunião do comitê no sexto tempo?

A reunião do comitê do baile. Eu tinha esquecido completamente. E eu sou o responsável.

Infinite Darlene prossegue:

— Sei que aquela vaca — essa seria Trilby Pope — vai estar lá. Sei que você não tinha como impedir que ela se inscrevesse. Portanto, não *te* acho responsável. Mas me faça o favor de cuidar pra que ela fale o mínimo possível. Me dá *tanta* enxaqueca.

— Vou ser justo — digo para Infinite Darlene.

Ela suspira.

— É disso que tenho medo. Acredite, isso não é favor pra nenhuma de nós.

Com isso, ela se vira e sai rebolando.

Só volto a vê-la no sexto tempo, na salinha que a biblioteca reserva para reuniões assim. Não estou nem um pouco preparado, mas estou pronto para fingir que estou.

Há dez pessoas no comitê. As primeiras que vejo são duas melhores amigas que participam de tudo juntas; como seus nomes são Amy e Emily, nós as chamamos de Indigo Girls, apesar de elas serem hétero. Tem também Trilby Pope e Infinite Darlene, sentadas em cantos opostos da sala; Infinite Darlene olha com raiva para Trilby, e Trilby apenas encara o chão em resposta. Tenho certeza de que isso deixa Infinite Darlene louca; não tem nada de que ela goste mais do que uma competição de cara feia.

Kyle está no fundo da sala, parecendo meio perdido. Ele não está na minha lista, e tenho a desconfiança de que se inscreveu depois.

Há ainda os viciados em clubes. Desde o jardim de infância, eles são escravos das candidaturas a vagas na faculdade. Entram em qualquer clube que esteja disponível, fazem toda hora de voluntariado que conseguem e se esfaqueiam nas costas com lápis nº 2 bem apontados para serem oradores da turma. (Ironicamente, quem vai acabar sendo nossa oradora, Dixie LaRue, é uma garota que adora festas e se recusa a deixar a pressão dos viciados em clubes afetá-la.) Como os viciados em clubes tendem a se espalhar mais do que plástico de PVC, e com personalidade compatível, sei que devem aparecer para uma ou duas reuniões de comitê no máximo, vão colocar no currículo e vão seguir em frente para o Clube dos Futuros Comerciantes de Armas da América ou qualquer outro.

O problema é que eles sempre querem falar antes de ir embora. Eles sentem que fazer tantas coisas os qualifica como especialistas em tudo.

E raramente é assim.

— Acho que devíamos fazer um tema dos anos 1970! — diz a viciada em clubes A assim que reúno o grupo.

— Fazer tema dos anos 1970 é tão anos 1990 — falo para ela. — Alguma outra sugestão?

— Que tal "O Futuro"? — palpita a viciada em clubes B.

— Ou "A Diversidade da Vida"? — acrescenta a viciada em clubes C.

— Que tal escolhermos "Imprecisão" como tema, hein? — interrompo. — É um baile, pessoal... Não uma feira de ciências.

O viciado em clubes D, que estava de mão levantada, a abaixa agora. Tenho certeza de que ele pensou que estava na reunião do comitê da feira de ciências.

— Que tal *O mágico de Oz*? — propõe humildemente a viciada em clubes E. Percebo pelo brilho nos olhos que ela pelo menos sabe quem é Dorothy.

Não é má ideia. Mas, como muitas das ideias dos viciados em clubes, não é particularmente tomada de originalidade. O tema do Baile Aristocrático do ano passado foi *A Noviça Rebelde*. E mesmo eu adorando a ideia de colocar uma estrada de tijolos amarelos no meio do ginásio e de obrigar os adultos acompanhantes a se vestirem como macacos porteiros voadores, tenho medo de que fique muito à sombra do ano passado, em que a maior parte dos alunos apareceu com roupas feitas das cortinas velhas dos pais.

Explico isso para a viciada em clubes E, que não parece muito dissuadida. Acho que talvez ainda haja esperança para ela. Pergunto qual é o nome dela, e ela me diz que é Amber.

— Alguém tem alguma outra ideia? — pergunto.

— Que tal a morte? — diz Kyle.

— Como?

— A morte. Como tema.

Todos fazemos uma pausa de um segundo.

— É a coisa mais idiota que já ouvi — diz Trilby Pope, com desprezo.

— *Eu* adorei — Infinite Darlene discorda previsivelmente.

— Não tenho tanta certeza... — digo.

— Não, pense bem — opina Amy. — Poderia ser bem legal. Na maioria das culturas, dançar faz parte da cerimônia de morte. Faz a vida parecer ainda mais legal que antes.

— Poderíamos decorar com imagens da morte — diz Emily.

— E as pessoas poderiam se vestir como sua pessoa morta favorita. — Amy está bastante envolvida agora.

— Poderíamos usar lápides como enfeites de centro de mesa — digo, começando a gostar da ideia.

— Afinal, alguém tem mesmo que dançar com o quadro da aristocrata morta — observa Kyle.

— Vocês são *doentes* — diz a viciada em clubes B.

— Cale a boca, Nelly — interrompe Amber. — Isso pode ser melhor que a final do campeonato de debate culinário!

Olho para ela sem entender.

— Um dos finalistas de Petaluma molhou a calça no palco por causa da pressão — explica Amber. — Foi fantástico.

— Não estão falando sério, estão? — diz Trilby.

— Você não saberia o que é sério nem que estivesse na sua cara — retruca Infinite Darlene.

— Bem, pelo menos *eu* sei passar sombra nos olhos.

Infinite Darlene pula da cadeira gritando.

— Quer levar isso lá pra fora, Trilby?

— Te dar uma surra não vale o risco de rasgar minha meia, *Daryl.*

Eu me intrometo antes de Infinite Darlene pular em cima dela.

— Chega! — grito. — Estamos tentando planejar um baile aqui, então botem seus tigres pra brigar alguma outra hora. Infinite Darlene, sente-se. Trilby, se você não consegue dizer nada legal, saia da sala. Certo?

As duas concordam.

— Agora vamos falar mais um pouco sobre a morte...

Estou começando a ter uma visão para o baile. Durante o resto do tempo, disparamos ideias, e o planejamento toma forma. Quando o sinal toca, a maior parte de nós parece satisfeita. Os viciados em clube de A a D são caso perdido, mas Amber veio para ficar. Trilby e Infinite Darlene discordaram de todos os assuntos abordados, mas a discordância delas ao menos forneceu dois pontos de vista para o resto de nós escolher.

Amy e Emily ficam um pouco mais, pois querem inserir alguns poemas sobre a morte na mixagem do DJ. Quando saem, só restamos eu e Kyle na sala. Sinto-me meio constrangido; na última vez que o vi, saí correndo da escola. Espero que ele peça explicação. Mas ele me surpreende dizendo:

— Você é muito bom nisso, sabe.

— Foi ideia sua — observo.

— Acho que foi. — Ele faz uma pausa e observa os tênis.

— Como você está? — pergunto. — Quero dizer, quanto à sua tia e tudo mais.

Ele olha para mim.

— Bem, eu acho. Minha mãe está muito triste. Não sei o que dizer pra ela. Nada é fácil, sabe?

Algumas coisas são fáceis. Mas percebo que ele pode não estar vivenciando nenhuma delas agora.

— Obrigado por perguntar — acrescenta ele, e é completamente genuíno.

Faço mais algumas perguntas, sobre a casa dele, sobre o enterro naquela manhã. Não toco nele, e ele não parece precisar ser tocado.

O segundo sinal toca. Estamos ambos atrasados para o sétimo tempo. Pegamos as mochilas e saímos juntos. Enquanto andamos, conversamos sobre a vida ser injusta e a ideia de um baile com tema de morte. Não falamos sobre o beijo e nem nada que veio depois. E me vejo pensando no quanto é estranho; uma época, quando estávamos juntos, eu só queria que Kyle se abrisse comigo e me contasse o que sentia em relação a nós. Agora, estou grato por ele nos deixar conversar sem ter Uma Conversa.

Até onde sei, ninguém além de Noah sabe o que aconteceu entre mim e Kyle. Portanto, não é nada estranho eu andar com ele pelos corredores, desde que não toquemos no assunto e desde que Noah não esteja por perto. Como o sétimo tempo já começou, temos os corredores para nós. Acompanho Kyle até a sala dele. Quando chegamos lá, ele me agradece.

Eu agradeço também. Não digo por quê.

Mais que, igual a, menos que

Só vejo Noah uma vez, no fim das aulas. Está a uns 9 metros de mim no corredor. Não consigo decidir se devo ir até ele ou deixá-lo em paz. Quando decido agir, ele já foi embora.

Parece que isso é a nova história da minha vida.

Com Joni, é ainda pior. Ela manda nossa amiga Laura me dizer que me acha um babaca e que, se vou ficar com raiva por ela estar com Chuck, é melhor eu ficar longe.

— O que é isso, o terceiro ano fundamental? — pergunto a Laura.

Ela suspira.

— Pra ser sincera, Paul... sim, é. Eu não queria fazer isso. Falei pra ela mesma falar com você. Mas Joni está de péssimo humor. Nem consigo mais falar com ela direito. E, se você acha que é ruim com você, triplique isso e pode começar a entender como é com Ted.

— Isso é pra me alegrar?

— Não, é pra fazer você seguir em frente.

— Mas você não acha mesmo que eu devia desistir, acha?

Laura olha nos meus olhos, mas ainda não é um olhar direto. Consigo ver todos os pensamentos dela se cancelando uns aos outros.

— Não sei o que dizer — responde ela, o que suponho querer dizer que ela sabe exatamente o que dizer, mas está com medo de dizer, Joni acabar sabendo e ela se juntar a mim na lista negra.

Não é que Joni e eu nunca tenhamos brigado. Mas sempre foi sobre coisas idiotas: que refrigerante combina melhor com pizza ou com que antecedência precisamos chegar ao cinema para ter certeza de conseguir ingressos. Uma vez, ficamos sem nos falar por uma semana porque ela achou que uma roupa minha não combinava, enquanto eu jurava que combinava. (Sob circunstâncias muito específicas, *é* possível usar meias brancas com calça escura.) Naquela vez e nas outras, nós dois sabíamos que estávamos sendo bobos, mas que nossos orgulhos inflamaram os argumentos. Acabamos nos envolvendo tanto que no final os dois tinham culpa, o que tornou a reconciliação bem mais fácil.

Mas desta vez é diferente. Desta vez, sei que ela está sendo boba, e sei que ela não acha que está sendo boba. Eu a culpo por me culpar. E esse tipo de jogo é difícil de resolver.

Decido ser contraditório com ela. Sei que devo evitá-la, então eu a procuro. Não quero que Chuck esteja por perto, então espero até a aula de educação física. Quando faltam poucos minutos para o sinal tocar, entro escondido no vestiário feminino.

— Que diabos você está fazendo aqui?!?

Essa é a reação de Joni. O resto das garotas fica indiferente. Todas sabem que sou gay e que os peitos delas para mim são que nem cotovelos.

Joni já está vestida, então sei que o problema sou eu.

— Quero falar com você — digo.

— Laura não falou pra você ficar longe de mim? — pergunta Joni. Ela não parece ver nada de estranho nessa frase.

— Prefiro ouvir de você.

— Fique longe de mim.

As outras garotas estão nos dando espaço. Uma vem prestar solidariedade a Joni, mas ela a dispensa.

Reconheço tão bem a raiva dela. Tem o jeito como os olhos dela disparam fogo e o D perfeito que o braço forma quando o punho para encostado no quadril.

Não quero fazer isso, eu tenho vontade de dizer. O que, na verdade, é minha forma de dizer *Não quero que você faça isso*.

Já testemunhei essa cena antes. Ouvi falar dela mil vezes. E agora, aqui estamos nós, e não há dúvida de para onde o tom dela está nos levando.

— Estamos terminando? — pergunto baixinho. Porque a sensação é essa. Ela está me dando um pé na bunda como amigo.

— A gente nunca namorou — responde ela, com sarcasmo. Tem um pouco de mágoa na voz dela, um pouco de amargura. É nisso que me agarro. É o que vou levar comigo.

Uma porta de armário é batida. E outra. Bolsas são colocadas em ombros. Toalhas são dobradas. As garotas ao nosso redor começam a sair. Tento sustentar o olhar de Joni o máximo que consigo, na esperança de que haja outra palavra que retire todas as frases já ditas. Ela olha para mim por um momento... e se vira. Começa a guardar as coisas no armário. Fecha-o. Aciona a tranca (eu sei a combinação). Ela está fingindo que não estou mais aqui. Eu esperava que ela fosse se enfurecer. Esperava que fosse me depreciar. Mas não esperava que me tornasse invisível. Ela sabe que é o que mais me magoa. E, vindo dela, isso me destrói. Não digo mais nada. Tenho vontade de chorar e gritar, de lágrimas e de sons. Saio do vestiário e vou para o corredor silencioso entre o ginásio e a enfermaria. Encontro um extintor de incêndio e olho para o vidro que o cobre. Olho para o meu rosto pálido, para meu próprio reflexo. Quero quebrá-lo, mas não ouso.

A gente nunca namorou. Eu me pergunto se as coisas poderiam ter sido diferentes se eu pudesse ter saído com ela, se tivéssemos sido um casal em algum momento da vida. Sempre dissemos que tínhamos a melhor combinação de todas, amizade sem tensão sexual. Pensávamos que era tão descomplicado.

— Odeio a expressão "mais que amigos" — disse Joni uma noite, há não muito tempo. Estávamos aconchegados no sofá dela, vendo canais estranhos. — É tão sem sentido. Quando saio com alguém, não somos "mais que amigos"; na maior parte do tempo, não somos nem amigos. "Mais que amigos" não faz sentido. Olhe para nós. Não tem nada que seja mais que a gente.

Eu me aconcheguei mais perto dela e jurei nunca mais usar aquela expressão. Mas agora, ela volta à minha mente, e eu me pergunto se ela usou com Chuck, se disse para ele que eles são mais que amigos, mais que Joni e eu. A única coisa que não posso dar a Joni é sexo. A única coisa que Chuck *pode* dar a ela é sexo, pelo que consigo perceber. Nunca pensei que seria uma competição entre os dois. E nunca, nunquinha pensei que seria uma competição que eu perderia.

Sinto falta de Joni. Sinto falta de Noah. Não sinto falta de Kyle, mas é ele quem me encontra. Não naquele momento, não nos corredores. Mais tarde, depois do sétimo tempo.

— Soube o que aconteceu — diz ele.

— Como você soube?

Ele olha para mim como se eu fosse uma aberração.

— Você fez uma cena no vestiário feminino. Por acaso achou que a história não se espalharia? Daria no mesmo se você anunciasse nos alto-falantes.

— Bem, eu não estava planejando que nós terminássemos. Estava planejando que ficássemos bem.

Kyle pensa um pouco sobre isso. É como se ele soubesse que deveria estar me consolando, mas não conhece a linguagem do consolo. Agradeço a tentativa mental dele e ao mesmo tempo fico aliviado por ele não estender o assunto. Não sei como um ato de gentileza me afetaria agora. Por causa de Joni, eu me sinto merecedor. Por causa de Noah, não me sinto nada merecedor.

Tem outra coisa que Kyle quer dizer, consigo perceber. Mas ele também prefere deixar passar.

— Eu estava pensando que a gente podia ir ao cemitério — diz ele. — Todos nós. Por causa do baile. Pra ter ideias.

— Agora?

— Hum... amanhã?

Não estou com humor para discutir. E concluo que, se nosso baile vai ter a morte como tema, há poucos lugares melhores para nos inspirar do que um cemitério.

Kyle vai comunicar aos outros sobre nossa excursão deliberadamente mórbida. Eu tento me concentrar na aula pelo resto do dia, o que é uma experiência nova para mim. Na aula de história, tento rearrumar as palavras do quadro para formar um poema.

> *nada de tratado, só trincheiras*
> *tudo quieto*
> *anos a anos*
> *em casa na terra de ninguém*

Isso ajuda a passar o tempo, mas não ajuda muito meu humor.

Depois da aula, viro uma esquina e encontro Infinite Darlene conversando com Noah. Não consigo nem esconder a surpresa; quase derrubo os livros quando recuo para observá-los escondido. Nenhum dos dois me vê. Eles conversam por no máximo um minuto. Infinite Darlene coloca a mão no ombro de Noah e sorri. Ele também sorri, com expressão meio confusa. O cabelo está mais desgrenhado que o habitual, a camisa meio para fora da calça. Desejo pela milionésima vez poder retirar todo o vazio que dei a ele.

Assim que ele vai embora, pulo em cima de Infinite Darlene.

— Você estava espionando, querido? — pergunta ela. — Sabe, garotas boazinhas não espionam.

— O que foi *aquilo*?

— O que foi *o quê*?

— Por que você estava conversando com Noah?

— Querido, estamos em um país livre.

"Estamos em um país livre" é o motivo mais imbecil já inventado. É uma coisa que as pessoas dizem quando não têm outra boa desculpa para o que fizeram. Ouvi-la vinda de Infinite Darlene não inspira confiança.

— O que você está tramando? — pergunto, com certa severidade.

— Não use esse tom comigo — explode Infinite Darlene. Eu forcei demais. — Você vai ter que confiar em mim quanto a isso, tá?

Deus, eu queria poder confiar nela.

Ao ver que não vou mais discutir, seu rosto se ilumina.

— Soube o que você disse para Joni hoje. Obrigada por tentar.

— Eu não tentei por você. Tentei por mim.

— Eu sei. Mas estamos nisso juntos. Contra Chuck.

É minha vez de estourar.

— Você não vê? Não vamos vencer essa batalha. Não podemos ficar contra Chuck. Ficar contra Chuck é a mesma coisa que ficar contra Joni agora.

— É assim que ela vê. Mas não quer dizer que é assim.

— Como ela vê é *exatamente* como é. É ela quem decide as coisas.

— Você está chateado.

— Dã! É claro que estou chateado.

— E está descontando em mim.

— NÃO ESTOU DESCONTANDO EM VOCÊ. Às vezes, as coisas não dizem respeito a você.

— Bem, pra mim, dizem.

— Aaaaagggggh!

Não quero brigar com Infinite Darlene. Ela sabe que não quero brigar com ela. Assim, apenas levanto as mãos, grito para extravasar minha frustração e saio andando. Posso ouvi-la rindo, dando gargalhadas de *apoio* a mim, enquanto me afasto.

Também quero rir.

E dói o fato de não conseguir.

Para te dar meu amor

Estou andando pela cidade a caminho de casa depois da aula, o sol está se pondo, as ruas estão decoradas com sombras de caixas de correio e folhas recém-caídas. Não tenho para onde ir (exceto para minha casa em alguma hora) e ninguém para ver. Minha mochila está pesada, e meus pensamentos ainda mais. Assim, me concentro nas lojas e no céu, exponho meu rosto ao vento.

Paro na loja de música, onde sou cumprimentado por Javier e Jules. Metade da loja é de Javier, metade é de Jules; eles têm gostos musicais completamente diferentes, então você precisa saber se a música que está procurando é mais do tipo de Javier ou do tipo de Jules. Eles estão juntos há mais de vinte anos, e hoje, enquanto me oferecem cidra e discutem blues, quero perguntar a eles como conseguiram. Ficar junto de alguém por vinte anos me parece uma eternidade. Não sou capaz de ficar nem vinte dias. Vinte semanas seria demais. Como eles conseguem ficar atrás do balcão, tocando músicas um para o outro, um dia atrás do outro? Como conseguem encontrar o que dizer, como conseguem evitar dizer coisas das quais se arrependerão para sempre? *Como vocês ficam juntos?*, tenho vontade de perguntar para eles, assim como tenho vontade de perguntar para meus pais felizes, da mesma forma que tenho vontade de ir até as pessoas mais velhas e perguntar *Como é viver tanto tempo?*

Ella Fitzgerald canta pelos alto-falantes, depois PJ Harvey solta um grito melancólico. Mexo na cesta de liquidação de Javier e vejo que ele colocou alguns discos de Jules ali também. Javier me diz em tom de brincadeira para tomar cuidado com o que desejo. Jules me avisa para não sonhar demais com PJ Harvey.

Está mais frio lá fora quando saio, ou talvez eu tenha essa impressão só porque me sentia aquecido lá dentro. Paro no café para comprar grãos para minha mãe. Olho para os pufes da moda no canto e vejo Cody (meu primeiro namorado do ensino fundamental) com o novo namorado, cujo nome é Lou ou Reed. Eles afundaram nas almofadas enquanto compartilham um copo de *latte*, gole a gole. A felicidade emana deles como vapor. Cody me vê e acena para eu me aproximar. Sorrio e gesticulo para dizer que não posso. Finjo que estou atrasado.

A parceria dos dois me faz pensar em Noah; que nunca me senti tão próximo de alguém, daquele mesmo jeito.

Entro na loja de 1,99, onde as coisas continuam baratinhas. Compro chocolate para o meu irmão e uma tira de alcaçuz de morango para Tony. As balas de *root beer* são as favoritas de Joni. Preciso me impedir de comprar isso.

Próxima parada: a loja de roupas de terceira mão no final do quarteirão. Estou procurando coturnos quando vejo uma mulher quase idêntica a Noah. Não quero coturnos para lutar; quero porque acho que vão me manter de pés grudados no chão. A mulher está olhando um conjunto de vasos de flores lascados e perguntando se gerânios cabem ali. O cabelo dela é mais comprido que o de Noah, bem-cuidado. Mas os olhos são quase idênticos.

De repente, Claudia aparece do lado dela. É nessa hora que entendo: estou vendo a mãe de Noah pela primeira vez.

— Por que você não vai procurar uma calça jeans? — sugere ela.

Estou no meio do corredor. É tarde demais para sair. Claudia olha diretamente para mim. Se eu me virasse e fugisse, seria uma tremenda covardia. Então digo oi.

Ela passa direto por mim.

Concluo que é direito dela. Encontro um par de coturnos bem gastos na prateleira de baixo. Experimento e me inclino para amarrar os cadarços. Ouço-a voltando na minha direção. Desta vez, ela para. Com um olho na mãe, ela mantém a voz baixa.

— Se eu fosse maior — diz ela —, juro que daria uma surra em você.

Ela se afasta. Não tenho chance de dizer nada. Se eu tivesse, o que diria seria *me desculpa*.

Vou embora sem as botas, não couberam direito. Ou talvez seja meu humor que não caiba. Estou indo para os arredores do centro agora, passando pelas lojas e seguindo para os escritórios de seguradores e consultórios de dentistas. Coloco os fones de ouvido, mas não consigo decidir se quero uma trilha sonora que reforce meu humor ou que o combata. Ligo o rádio e decido deixar nas mãos do destino. Como resultado, ouço cinco minutos de anúncios de carros.

Liquidação infinita de novembro da Warnock Chevrolet... Seria uma caminhada de dez minutos até a casa de Noah... *Juros de 3,5% no financiamento...* porém o que mais eu poderia dizer para ele além de "desculpe"? Não tenho nenhuma nova desculpa... *Vá agora! Esta oferta é válida por tempo limitado...* Como eu poderia explicar que meu coração foi feito para ele? É essa a sensação, de que é para ele que meu coração foi feito.

Eu ando. Estou tonto por todas as palavras que não posso dizer a ele. Saio correndo. Grito comigo mesmo por tudo que aconteceu. As luzes da rua se acendem ainda na claridade remanescente do sol. Eu corro. Eu me forço mais. Mais. Quero que meu corpo fique tão exausto quanto a minha mente. Quero forçar mais. Quero ultrapassar limites. O vento sopra contra mim. A escuridão apaga todas as sombras. Sinto dor nas pernas, uma pontada nos pulmões. Cambaleio pelo meio fio. Diminuo a velocidade. Ofego.

Estou em casa.

Uma conversa no meio da madrugada com Ted

— Garoto Gay?

— É.

— É Ted.

— Oi.

— Espero que não seja muito tarde.

— Não. — [pausa para tirar as cobertas e acender o abajur]
— Em que você está pensando?

— Em Joni.

— Desconfiei.

[não existe outro motivo para ele me ligar]

— É.

— É.

[é assim que homens conversam]

— Não consigo tirar ela da minha cabeça.

— Sei como é.

— Eu soube o que você fez hoje. Que ela detonou você.

— Não foi bonito.

— Isso não é típico dela. Quero dizer, é típico dela detonar pessoas. Mas não é típico dela detonar *você*.

— Eu sei.

— Ela ultrapassou os limites.

— Acho que ela sabe disso.

— Será?

— Sabe.

— Você acha mesmo?

— Acho.

[longa pausa para pensar]

— Fico tentando pensar em alguma coisa que eu possa fazer. Fico imaginando o que fiz, e ao mesmo tempo sei que não fiz nada. Foi ela dessa vez. E continua fazendo.

— Talvez ela só esteja mudando.

— Por causa de Chuck?

— Essas coisas acontecem.

— Mas não com Joni.

[reparo uma coisa na voz de Ted]

— Ted?

— O quê?

— Você está bêbado?

— Eu?

— É.

— Não exatamente.

— Não exatamente?

— Tá, um pouco. É que eu estava tão pra baixo. Nunca foi assim, cara. Nunca foi tão...

— Difícil?

— Duro. Nunca foi tão duro. Sei que isso vai parecer loucura total, mas antes, quando a gente terminava, eu ficava bem, porque sabia que ela ficava melhor sem mim. E talvez eu ficasse melhor sem ela. Mas, desta vez, não sinto que ela esteja melhor. Ela está largando os amigos. Está se perdendo em Chuck. E ela e eu... bem, nós perdemos.

— Perderam o quê?

[impaciente]

— Você sabe... a fagulha. A eletricidade. Mesmo quando nós terminávamos, ainda a tínhamos. Ela me deixava doido com um simples olhar, e eu conseguia fazer o mesmo com ela. Agora, isso não existe mais. E sinto... não sei.

— Você se sente nu sem isso?

— Nu? Hah!

— Eu quero dizer que você se sente vazio.

— Mais ou menos. Perder alguma coisa é prova do quanto você gostava dela?

[pensando de novo no sorriso de Noah]

— Pode ser.

— O que se faz com isso, Paul? O que se faz com a falta?

— Em algumas circunstâncias, você apenas deixa pra lá.

— Essa é uma dessas circunstâncias?

— O que você acha?

— Acho que não.

— Acho que você está certo.

— Então, o que vamos fazer?

— Vamos esperar que Joni também sinta a falta.

— E se ela não sentir?

[pausa]

— Então talvez você tenha que deixar pra lá.

[um pouco alarmado]

— Mas ainda não, né?

— Não, ainda não.

— Porque Joni vale a pena, né?

— É, vale sim.

[hesitação]

— Não estou tão bêbado, tá?

— Tudo bem, Ted.

— Mas você vai me lembrar disso tudo de manhã?

— Vou, Ted.

— Você não é tão ruim, Garoto Gay.

— Você também não é tão ruim pra um cara.

— Obrigado.

— Conte comigo a qualquer hora.

— Mas você preferiria mais cedo?

— Sim, duas horas é meio tarde.

— Legal. E ei...

— O quê?

— Boa noite.

Encontro no portão do cemitério

Como Amy e Emily têm treino de lacrosse e Infinite Darlene está se preparando para o jogo de futebol americano do fim de semana, só nos encontramos no cemitério na hora que o sol começa a se pôr. Só há um cemitério na nossa cidade, onde pessoas de todas as religiões e crenças descansam lado a lado. Como uma comunidade.

Apesar de os pais do meu pai terem nascido e sido enterrados em outra parte do país, toda a família da minha mãe está enterrada aqui. Suponho que um dia meus pais também serão enterrados aqui. Até eu. É estranho andar por aqui e pensar nisso.

Em nosso cemitério, cada lápide tem uma caixa trancada junto. E dentro de cada caixa há um livro. Não sei quem iniciou essa ideia, nem há quanto tempo é executada. Mas, se for até o portão do cemitério, o zelador entrega a você a chave de qualquer caixa que você queira. Dentro de cada livro, vai encontrar as páginas de uma vida. Alguns livros têm os escritos da pessoa morta. Outros têm escritos de depois da morte; as pessoas que vão visitar os túmulos escrevem lembranças e histórias. Às vezes, elas escrevem diretamente para a pessoa, fazem perguntas ou contam novidades sobre como tudo ficou depois. De vez em quando, olho o livro da minha avó, que é cheio de receitas e verdades. Ou pego uma caneta e acrescento uma linha ou duas ao livro do meu avô para contar para ele quem venceu as finais de beisebol, caso minha mãe já não tenha ido contar.

Com a permissão do zelador, vamos anotar algumas palavras dos livros de memórias para incluir no baile. Amy e Emily também vão fazer decalques de algumas lápides para ajudar a decorar as paredes.

Assim que Kyle chega no cemitério, sai para procurar uma coisa. Ele não diz o que é. Só desaparece.

De todos os viciados em clubes, Amber é a única que aparece. Ela chega com Infinite Darlene, mas é Trilby que pede a ajuda dela.

— Preciso de ideias pra um vestido — diz Trilby. — Preciso de inspiração.

Amber solta uma exclamação maravilhada.

— Claro!

Infinite Darlene fica irritada.

— Não vai ficar tão bom quanto o vestido do ano passado — resmunga ela.

— Ah, por favor — responde Trilby, com deboche. — Você queria que eu usasse amarelo pra poder levar todos os garotos pra casa.

— O tema era *A Noviça Rebelde*. E as cortinas eram *amarelas*.

— É, mas tem cortinas boas e tem cortinas ruins. Você me fez usar umas cortinas bem ruins.

— Você não achou na época.

— Ah, mas estou mais sábia agora.

Para minha surpresa, é Amber quem se intromete agora.

— Vocês sempre fazem isso? — pergunta ela.

— Sim — respondem Trilby e Infinite Darlene juntas. Elas tentam ver quem toca no verde primeiro e fica com a sorte por terem falado ao mesmo tempo, mas isso também sai simultâneo.

— E o que ganham com isso? — pergunta Amber.

— Como?

Trilby olha de nariz empinado para Amber. Esta parece sumir no macacão, porém já foi longe demais agora para recuar.

— Está claro pra todo mundo o quanto vocês se divertem com essa implicância — observa ela. — Vocês não são capazes de admitir isso?

— De jeito nenhum.

— Você ficou maluca.

— Fiquei?

Trilby dá uma olhada séria de cima a baixo em Amber.

— Acho que vou procurar ideias pro meu vestido sozinha. Não sei por que pedi ajuda pra uma garota usando roupa da OshKosh.

— Meu macacão não é OshKosh. É Old Navy.

— Isso não é importante.

— Pra mim, é.

Trilby sai batendo os pés de forma dramática. Infinite Darlene sai batendo os pés de forma igualmente dramática na outra direção.

Amber ri.

— Muito bem — digo. — Juro que, se você não fosse uma viciada em clubes lésbica que usa Old Navy, eu provavelmente te daria um beijo agora mesmo.

Amber para de rir. Ela olha ao redor para ver se alguém ouviu.

Fui longe demais, eu penso.

— Me desculpe — digo.

Amber faz um gesto casual.

— Tudo bem. É só que... bem, eu não gosto de me ver como... viciada em clubes.

Ela sorri de novo.

— Nunca mais vou pensar em você assim — prometo.

— Tudo bem que adoro entrar em clubes e tal. Mas não quero que isso se espalhe, tá?

O segredo dela está seguro comigo.

Longe dos viciados em clube, ela é muito mais segura de si. Ou talvez seja tão segura de si quanto agora quando está com os outros viciados em clube, mas não tem a oportunidade de mostrar.

— Trilby e Infinite Darlene são como Nelly Peterson e George Bly — observa Amber. — Nelly e George eram ótimos amigos até começarem a competir para serem os primeiros da turma. Agora, eles só querem saber de notas. Um quer vencer o outro, mas ao mesmo tempo também querem secretamente *ser* o outro. Por isso, brigam.

— E como vai terminar?

— Eles vão se matar ou vão dormir juntos. Os jurados ainda não decidiram.

— Mas Trilby e Infinite Darlene não querem dormir juntas, elas querem dormir com as mesmas pessoas.

— Tipos diferentes de tensão, resultados emocionais iguais. Além do mais, quem disse que elas não querem dormir juntas?

— Você está dizendo que Infinite Darlene é *lésbica*?

— Coisas estranhas aconteceram. E só estou falando desta cidade. — Amber olha para o cemitério. — Sabe de quem mais gosto aqui?

— De quem?

— Da bruxa no canto. Ela morou aqui duzentos anos atrás. O livro de memórias dela está cheio de feitiços escritos ao longo dos anos.

— Você gosta disso?

Amber concorda.

— Uma vez, saí com uma bruxa. Não acabou bem.

— O que aconteceu?

— Não me dei bem com o gato dela.

Ficamos em silêncio de novo na quase escuridão. Percebo que deveria estar fazendo alguns planejamentos mais sérios a essa altura, mas não sei o que fazer. De repente, Amy e Emily são iluminadas por um flash enquanto fazem decalques de inscrições de lápides. Outro flash. Alguém está tirando fotos.

Noah.

Infinite Darlene aparece atrás de mim.

— Eu pedi que ele viesse — sussurra ela. — Achei que seria bom ter umas fotos em preto e branco.

— Você está interferindo! — acuso.

Ela pisca um olho.

— É claro que estou. Pra isso servem as amigas.

Noah não parece reparar em mim. Concentra-se nos galhos retorcidos que cobrem a lua nascente. Concentra-se nas estátuas de anjos e faz com que suas asas ganhem uma palidez fantasmagórica em um momento iluminado.

— Vá e diga oi — insiste Infinite Darlene.

— Foi você quem o convidou — resmungo.

— É, mas você é o *anfitrião*.

Estou pronto para bater o pé e resistir à intromissão de Infinite Darlene. Mas então Amber me pergunta:

— O que você quer fazer de verdade?

Eu penso sobre isso. O que *quero* fazer é fugir pela escuridão. O que *quero fazer de verdade* é falar com ele.

Portanto, ando até lá.

Ele está sentado no chão agora, tirando a foto de uma lápide.

— Oi — digo.

Clique e flash. Meus olhos precisam de um segundo para se reajustarem. Ele permanece no brilho.

— Oi — diz ele.

Está escuro demais para que eu veja a expressão dele.

— Estou feliz de você estar tirando fotos — prossigo. — Quero dizer, foi uma boa ideia.

— Você pediu a Infinite Darlene pra me chamar? — A voz dele é de curiosidade casual, nada mais.

— Não. Mas deveria ter pedido.

— Por quê?

— Porque você é um ótimo fotógrafo.

Ele me agradece, e ficamos ali por um momento. Não nos mexemos, mas hesitamos em sintonia.

— Olhe… — *Senti sua falta.* Preciso mesmo falar? Será que ele não consegue ver na minha cara? Estou prestes a dizer, mas ouço alguém chamando meu nome.

— Paul! Você tem que vir ver isso, Paul!

É Kyle. Ele corre até mim, sem ver Noah.

— Ah, desculpe — diz ele ao perceber que não estou sozinho.

— Não tem problema — responde Noah, e levanta a câmera de novo.

Não vá, é o que tenho vontade de dizer. Mas não posso falar na frente de Kyle, que parece tão empolgado por ter me encontrado.

O momento passou. Noah assente para mim e para Kyle, depois sai andando. Agradeço novamente, mas ele só responde com outro aceno.

— Desculpe — diz Kyle novamente. — Eu não sabia que você estava…

— Ele só estava tirando umas fotos do cemitério pro baile. Infinite Darlene pediu.

Ficamos ali por um momento, com Kyle olhando para mim.

— Você queria me mostrar uma coisa? — pergunto.

— Queria. Por aqui.

Ele me leva até a cripta da aristocrata. Eu tinha me esquecido dela.

Kyle encheu o local de velas por dentro, e, por isso, quando nos aproximamos, ela parece uma mansão diabólica com a lareira acesa. A parte externa é simples ("Eu não vou ficar olhando para ela de fora", dizem que a aristocrata disse), mas a parte de dentro é colorida com 52 tons diferentes de azul. A cada um ou dois anos, a pintura é retocada, e a tinta é importada de tão longe quanto Chipre para os tons de azul ficarem completos.

Kyle pegou a chave do livro de memórias dela com o zelador e fica anotando trechos no caderno de biologia. Eu me inclino para ver, mas ele logo fecha a capa e guarda o caderno na mochila. Olho para as velas que ele acendeu. Elas também são todas azuis.

— Eu queria que a gente pudesse fazer o baile aqui — diz Kyle, indicando um retrato da aristocrata pendurado acima da tumba. É quase idêntico ao retrato usado no baile. — Acho que ela gostaria disso.

Ao lado do retrato, há uma folha de papel. Kyle devia estar tentando copiar o quadro. Ando até lá para olhar melhor.

— Desculpa de novo por interromper — diz Kyle de algum lugar atrás de mim.

— Não se preocupe — respondo, sem afastar os olhos do desenho.

Ele mudou a perspectiva, agora é um retrato que olha ligeiramente para baixo. A luz das velas faz a expressão dela tremer, as linhas ficarem indefinidas. O que me chama mais atenção é o silêncio do retrato.

Sinto um toque nas minhas costas. Como não me mexo, Kyle me vira delicadamente. Em seguida, se inclina e me beija. Primeiro, de leve. Depois, me abraçando.

Meu instinto entra em ação, e não é o instinto que estou esperando. Depois da surpresa, eu me afasto em silêncio. Eu interrompo o beijo, e ele solta meu corpo.

— O quê? — pergunta ele, com voz tranquilizadora. — Está tudo bem.

— Não — respondo sussurrando. — Não está.

— Mas está. — Ele segura minha mão. Eu adorava quando ele fazia isso, segurava minha mão casualmente enquanto conversávamos. Agora, não afasto a mão. — Sei que fiz besteira da última vez — diz ele —, mas isso não vai acontecer de novo. Sei que você está com medo. Eu também estou. Mas é isso que eu quero. É assim que deveria ser. Eu te amo.

— Ah, não! — exclamo. Alto. Não pensei em dizer isso. Apenas sai.

Kyle ri, mas consigo ver o medo dele crescendo.

Aperto a mão dele com força.

— Mas é sério. É que... — Não consigo encontrar as palavras certas.

— É que o quê?

— É que não quero. Não assim. Eu também te amo, mas como amigo. Como um bom amigo.

Ele solta minha mão.

— Não diga isso — pede ele.

— O quê? Estou falando sério, Kyle. Você sabe que não estou simplesmente dizendo "vamos ser amigos".

— Mas está, Paul. Está, sim.

Vejo choque nos olhos dele agora. Preciso segurá-lo, porque ele está prestes a recuar na direção de uma vela e botar fogo na camisa.

— Obrigado — diz Kyle. A voz dele perdeu toda segurança.

— Mas por que você me beijou? Achei que significasse alguma coisa.

Não posso dizer a ele que não significava nada. Mas também não posso afirmar que significava o que ele queria que significasse.

— Você se arrepende? — pergunta ele ao não obter nenhuma resposta.

— Não — digo, apesar de me arrepender.

— Mas você não quer fazer de novo?

— Acho que não devemos.

— E você sabe o que quer.

Eu concordo com a cabeça.

— Você sempre sabe o que quer, né?

— Isso não é verdade — digo, pensando nas duas últimas semanas. — E não é justo.

— Não — concorda Kyle. — Não é nada justo. — Ele voltou até a mochila e está recolhendo suas coisas. — Achei que daria certo. Achei que seria uma maneira perfeita de recomeçar. Mas esqueci sobre você. Esqueci o quanto é fácil pra você.

— Fácil?

— É — diz Kyle, pontuando cada palavra com o arremesso de coisas no chão. — *Fácil*. Paul, você não sabe o quanto tem sorte.

— O quanto tenho sorte?

— Porque *sabe quem é*. Na maior parte do tempo, Paul, não faço ideia do que quero. E, quando faço, acontece uma coisa assim. Você me faz sentir tão baixo, mas só quero ficar com você.

Eu poderia argumentar que ele me fazia sentir do mesmo jeito, mas já o perdoei por isso. Poderia argumentar que nem sempre é fácil saber quem você é e o que quer, porque aí você não tem desculpa para não tentar conseguir o que quer.

Eu poderia argumentar que agora, *agora mesmo*, ainda estou pensando nas poucas palavras que acabei de trocar com Noah. Poderia argumentar um monte de coisas. Mas estou totalmente desarmado, porque Kyle está tremendo na minha frente, segurando as lágrimas enquanto pega a mochila.

— Desculpe — digo, mas sei que não basta.

Não existe uma expressão para tudo que preciso dizer, não existe uma frase que possa explicar que quero abraçar Kyle até que se acalme, mas não quero beijá-lo. Ele está andando pela cripta agora, sem olhar para mim, sem dizer mais nada. Ele sopra as velas uma a uma. Fico onde estou e digo o nome dele. A última vela está em cima da tumba da aristocrata. Kyle se inclina e a apaga. Ficamos em uma escuridão de azuis. Digo o nome dele de novo. Mas a única resposta é o som da partida dele.

Tony

Peço a Amber para ligar para a casa de Tony para mim. Quando ele atende, ela me passa o telefone e eu pergunto se posso ir até lá. Ele diz que a mãe vai voltar em uma hora do círculo de orações.

Emily me dá carona. Pelo silêncio respeitoso, consigo perceber que ela juntou as peças: a partida de Kyle, minha agitação, minha saída e minha necessidade de silêncio respeitoso. Ela deve ter imaginado uma variação aproximada da história real.

A porta da frente da casa de Tony está destrancada. Sigo direto para o quarto dele. Depois de uma olhada no meu rosto, ele me pergunta o que aconteceu, e eu conto para ele.

Enquanto falo, relógios tocam por toda a casa. Uma tábua do piso estala sob passos fantasma. Alertas, prestamos atenção ao som da porta da garagem abrindo ou de uma chave girando na porta dos fundos.

Conto para Tony sobre Noah. Conto para Tony sobre Kyle e todas as coisas que ele disse. Mostro para ele minha confusão, minha dor, minha raiva. Não seguro nada. Como sempre, Tony guarda sua opinião até o final e me leva a continuar falando com movimentos de cabeça e atenção.

Espero que ele me diga que Kyle está confuso, que estava falando por pura confusão, mágoa e (sim) raiva, não verdade. Mas o que Tony diz é:

— Kyle está certo, sabe.

— O quê? — Escutei direito quando ele falou, mas quero dar a ele a opção de mudar de ideia.

— Eu disse que Kyle está certo. Sei exatamente o que ele quer dizer.

Estou tão surpreso com o que Tony diz que afasto o olhar. Observo toda a decoração casta do quarto dele, todas as lembranças da infância, como *cards* de beisebol, propagandas de carros esportivos, que ele não conseguiu substituir por coisas que representassem melhor sua vida atual. Tudo que é visível no quarto dele continua exatamente igual à primeira vez que vi. Só as partes escondidas mudaram.

— Paul — prossegue Tony —, você sabe o quanto tem sorte?

É claro que sei. Mas preciso admitir que tenho a tendência de pensar nas outras pessoas como azaradas, e não na minha vida como sortuda.

— Sei que tenho sorte — digo, talvez um pouco na defensiva demais. — Mas isso não quer dizer que seja fácil. Kyle disse que as coisas são fáceis pra mim.

— Isso não é ruim, Paul.

— Bem, da forma que ele falou, era. E da forma que você está falando também.

Tony está sentado de pernas cruzadas no chão, brincando com uma linha do suéter.

— Quando conheci você — diz ele, não olhando diretamente para mim, nem diretamente para o chão, mas para algum lugar entre os dois —, não consegui acreditar que alguém como você pudesse existir, e nem que uma cidade como a sua pudesse existir. Eu achava que entendia as coisas. Pensava que acordaria todas as manhãs com um segredo e iria dormir todas as noites com o mesmo segredo. Achava que minha vida só começaria quando eu estivesse longe daqui. Sentia que tinha descoberto uma coisa sobre mim cedo demais, e que não havia nada que eu pudesse fazer para reverter a verdade. E eu queria reverter, Paul. Queria tanto. Aí, conheci você na cidade e no trem, e de repente pareceu que uma porta foi aberta. Vi que não podia viver como vinha vivendo, porque agora havia outra maneira de levar a vida. E parte de mim amou isso. E parte de mim ainda odeia. Parte de mim, essa parte escura e apavorada, deseja que eu jamais tivesse descoberto como poderia ser. Não tenho a coragem que você tem.

— Não é verdade — digo baixinho. — Você é muito mais corajoso que eu. Você encara tanta coisa! Seus pais, sua vida.

— Kyle se sente perdido, Paul. É isso que ele está dizendo. E sabe que você não está perdido. Você nunca ficou perdido de verdade. Você já se *sentiu* perdido. Mas nunca *ficou* perdido.

— E você está perdido? Se sente perdido?

Tony balança a cabeça.

— Não. Sei exatamente onde estou, o que tenho que enfrentar. Estou do outro lado, Paul.

Consigo ouvir todo o vazio da casa. Consigo ver a forma como as bandeiras se afastam da parede do quarto dele. Sei que ele não está feliz, e isso parte meu coração.

— Tony — digo.

Ele balança a cabeça de novo.

— Mas o assunto não sou eu, né? É você e Noah e Kyle e o que você vai fazer.

— Não ligo pra nada disso — declaro. — Quero dizer, ligo sim. Mas não aqui, agora. Converse comigo, Tony.

— Eu não queria tocar no assunto. Esquece que falei alguma coisa.

— Não, Tony. Me conte.

— Não sei se você quer ouvir.

— É claro que quero ouvir.

— Adoro andar com você e Joni e o resto do grupo. Adoro ser parte disso. Mas jamais consigo apreciar de verdade, porque sei que, no final, vou voltar pra cá. Às vezes, consigo esquecer, e, quando esqueço, é maravilhoso. Mas esta semana foi um inferno. Parece que fui forçado a adquirir a forma da pessoa que eu era antigamente. E não me encaixo mais na antiga forma. Não me encaixo.

— Então vá embora — digo. E, no minuto que falo, me empolgo com a ideia. — Estou falando sério. Faça sua mala. Você pode morar na minha casa. Tenho certeza de que meus pais vão te acolher. Depois, decidimos as coisas. Podemos encontrar um quarto pra você em algum lugar, talvez aquele quarto em cima da garagem da Sra. Reilly. Você não precisa ficar aqui, Tony. Não precisa viver assim.

Estou ficando empolgado. É como uma rota de fuga. Tony é um refugiado. Precisamos levá-lo para um lugar melhor.

Para mim, parece muito simples. Mas Tony diz:

— Não, não posso.

— Como assim?

— Não posso, Paul. Não posso simplesmente ir embora. Você não vai entender isso, mas eles me amam. Seria muito mais fácil se não amassem. Mas, da maneira deles, meus pais me amam. Acreditam de verdade que, se eu não virar hétero, vou perder a alma. Não é só que eles não me querem beijando outros caras; eles acham que, se eu fizer isso, serei condenado. *Condenado*, Paul. E sei que isso não significa nada pra você. Não significa nadinha pra mim. Mas, pra eles, é tudo.

— *Mas eles estão errados.*

— Eu sei. Mas eles não me odeiam, Paul. Eles me amam com sinceridade.

— Parte de amar é deixar a pessoa ser quem ela quer ser.

Tony assente.

— Eu sei.

— E eles não estão fazendo isso.

— Mas talvez façam um dia. Eu não sei. Só sei que não posso simplesmente fugir. Eles acham que ser gay vai estragar minha vida toda. Não posso provar que eles estão certos, Paul. Tenho que provar que estão errados. E sei que não posso provar que estão errados se mudar ou negar o que realmente sou. A única forma de eu provar que eles estão errados é tentar ser quem eu sou e mostrar para eles que não está me fazendo mal ser assim. Em dois anos, eu me formo. Vou embora. Mas, enquanto isso, preciso encontrar uma forma de fazer isso tudo funcionar.

Fico com tanto medo por ele. Percebo que o que ele está dizendo está além da minha capacidade de compreensão. O que ele quer fazer é mais do que eu já precisei fazer na vida.

— Tony — digo —, você não está sozinho nisso.

Ele se encosta na cama.

— Às vezes, sei que não estou, mas outras, acho que estou sim. Não gosto de me meter no meio das coisas, mas às vezes fico acordado à noite, morrendo de medo de estarmos nos separando. E sei que não sou forte o bastante para nos manter juntos e me manter inteiro ao mesmo tempo. Além do mais, você está apaixonado, Paul. Pode até não chamar assim, mas é isso que é. E não quero ser quem puxa você pra baixo num momento tão pra cima. Sei que há um limite pra quantidade de coisas que dá pra encarar ao mesmo tempo.

Não deixo que ele conclua o pensamento.

— Estou aqui — digo para ele. — Sempre vou estar. E sei que ando sobrecarregado nesta última semana. E sei que você nem sempre pode contar que eu vá fazer a coisa certa. Mas quero ajudar.

— Não sei se sou capaz, Paul.

Consigo perceber que ele quer. Que decidiu que quer.

— Você tem bem mais chance do que eu teria — digo. — É muito mais corajoso que eu.

— Não é verdade.

— É, sim.

A porta da garagem se abre. Tony e eu ficamos tensos.

— Vou embora — digo, e pego minhas coisas enquanto planejo uma fuga rápida.

Tony olha para mim e diz:

— Não, não vá.

A porta da garagem está fechando agora.

— Tem certeza? — pergunto.

Não sei que tipo de problema isso vai gerar. Só sei que farei o que ele quiser que eu faça.

— Tenho.

A porta do porão. A mãe de Tony chama o nome dele.

— Estou aqui com Paul! — grita ele.

Silêncio. Chaves na bancada da frente. Uma pausa. Passos na escada.

Todos aqueles nossos anos de fingimento. Todos os "grupos de estudo bíblico" e limite para chegar em casa até meia-noite. Todas as vezes que tivemos que tirar o cheiro de uma festa no porão da roupa de Tony, ou deixar Tony usar nossos computadores para ele visitar sites que os pais não deixavam que visitasse. Todos os momentos de pânico em que pensamos que não conseguiríamos voltar na hora, quando achamos que Tony voltaria para casa e a porta estaria trancada. Todas aquelas mentiras. Todos aqueles medos. E agora, a mãe de Tony entrando no quarto, sem nem bater, e vendo nós dois sentados no chão, ele de pernas cruzadas e encostado na lateral da cama, eu ajoelhado ao lado da estante, sem nem fingir estar procurando um livro.

— Ah — diz ela, o tipo de palavra que cai como uma pedra.

— Vamos fazer dever de casa — fala Tony.

Ela olha diretamente para ele.

— Não sei se é uma boa ideia.

Todos aqueles silêncios. Todos aqueles pensamentos ardentes escondidos. E agora, Tony os está libertando, devagar. Agora, Tony está se posicionando com firmeza.

— Por quê? — pergunta Tony, o tipo de palavras que são jogadas como pedras.

— Por quê? — repete a mãe de Tony, um eco desprevenido, uma resposta incerta.

— Paul é meu melhor amigo, e fazemos o dever juntos há muito tempo. Ele é meu *amigo*, nada mais, nem um pouco diferente de Joni ou Laura ou qualquer outra garota. Estou sendo completamente sincero com você, e quero que seja completamente sincera comigo. Por que você poderia pensar que é má ideia Paul e eu fazemos o dever de casa juntos?

Vejo nos olhos dela. Vejo exatamente o que Tony mencionou antes. Aquele amor estranho, distorcido, disforme. Aquele conflito entre o que seu coração sabe que é certo e o que sua mente escuta dizerem que é certo.

Ele a enfrentou. E ela não sabe como reagir.

— Não quero falar sobre isso agora — diz ela. A linguagem corporal indica que finge não me ver.

— Não precisamos falar sobre isso. Mas Paul vai ficar até a hora de ter que ir embora pra jantar.

— Tony, não sei.

— Vamos deixar a porta aberta. Podemos até ir pra cozinha se você quiser. Algumas garotas na escola têm regras pra quando garotos vão até a casas delas, mesmo se forem só amigos, então acho que isso faria sentido pra mim também.

Se eu falasse isso para os meus pais, haveria um tom de desafio ou de sarcasmo. Mas o que Tony diz é claro e simples. Ele não cruza o limite e está sendo crítico. Está deixando sua posição clara, mas sendo perfeitamente respeitável no tom que usa.

Eu gostaria de saber que pensamentos estão passando pela cabeça da mãe dele nesse momento. Será que ela está tentando minimizar isso? *Ah, é só uma fase* ou *Deve ser influência desse maldito Paul, ele é o culpado*. Será que está arrasada por Tony estar fora da possibilidade de "salvamento"? Será que está xingando o destino, ou até mesmo Deus, por colocá-la nessa situação? Será que está encarando como um desafio? Consigo vê-la pensando, mas não sei que pensamentos. Estou a no máximo 1,50 metro dela, mas ela está em um mundo diferente.

Ela olha para as paredes, inspira e expira.

— Deixe a porta aberta — diz ela. — Estarei na cozinha.

Tony está sem palavras. Ele apenas assente. A mãe dele não assente em resposta. Ela recua, sai pela porta, desce a escada. Tony olha para mim. Abro um sorriso enorme. Bato palmas sem fazer som. Ele também sorri. Mas o sorriso dele some, e, de repente, ele começa a chorar. Ele treme e se balança e ofega. Ele guardou todo esse ruído de fundo dentro dele, e agora uma parte está saindo. O rosto dele está vermelho como o de um recém-nascido, os braços envolvem o próprio corpo. Vou até ele e o abraço com força. Digo que ele é corajoso. Digo que ele conseguiu, que deu não o primeiro passo (isso aconteceu muito tempo antes), mas o passo seguinte. O choro dele se espalha pela casa. Eu o acalento um pouco, levanto o rosto e dou de cara com a mãe dele na porta de novo. Desta vez, consigo lê-la perfeitamente. Ela quer estar no meu lugar, abraçando-o. Mas sei que não vai dizer as coisas que estou disposto a dizer. Talvez ela também saiba. Talvez isso também mude. Ela olha para o meu rosto e assente. Ou talvez esteja finalmente respondendo ao gesto de Tony. Em seguida, recua novamente.

— Me desculpe — diz Tony, fungando e se recompondo.

— Não tem por que pedir desculpas — respondo.

— Eu sei.

Encontro minha maior força em querer ser forte. Encontro minha maior coragem em decidir ser corajoso. Não sei se já tinha percebido isso, e não sei se Tony já tinha percebido, mas acho que nós dois percebemos agora. Se não houver sentimento de medo, não vai haver necessidade de coragem. Acho que Tony vive com esse medo a vida toda. Acho que agora ele o está convertendo em coragem.

Será que digo isso para ele agora? Eu diria, mas ele muda o assunto. E eu deixo, porque o assunto é dele e ele pode mudar.

— O que você vai fazer com relação a Noah? — pergunta ele.

— Por que você não me pergunta o que vou fazer em relação a Kyle?

Estou curioso.

— Porque não há nada que você possa fazer em relação a Kyle agora. Mas precisa fazer alguma coisa em relação a Noah.

— Eu sei, eu sei — digo. — O único problema é que (a) ele pensa que estou voltando com meu ex-namorado, (b) ele pensa que só vou fazer ele sofrer porque (c) eu já fiz ele sofrer, e (d) outra pessoa já fez ele sofrer, o que quer dizer que o fato de eu tê-lo feito torna o sofrimento ainda maior. Então (e) ele não confia em mim, e, sendo justo, eu (f) não dei a ele muitos motivos pra confiar. Mesmo assim, (g) toda vez que o vejo, eu

(h) tenho vontade de que tudo esteja bem de novo e (i) quero beijá-lo loucamente. Isso significa que (j) meus sentimentos não vão mudar no futuro próximo, mas (k) os dele também não parecem prestes a mudar. Então, ou (l) eu não tenho sorte, (m) não tenho esperança ou (n) existe uma forma de acertar tudo na qual ainda não pensei. Eu poderia (o) implorar, (p) apelar, (q) rastejar ou (r) desistir, mas para fazer isso, eu teria que sacrificar meu (s) orgulho, minha (t) reputação e meu (u) respeito próprio, apesar de (v) ter sobrado bem pouco e (w) que provavelmente não funcionaria mesmo. Como resultado, estou (x) perdido, (y) sem ideias e (z) me perguntando se você tem alguma sugestão do que eu deveria fazer.

— Mostra pra ele — diz Tony.

— Mostrar pra ele?

— Mostra pra ele o que você sente.

— Mas eu já falei pra ele. Naquela noite. Deixei bem claro pra ele o que eu sentia. Eu dei minhas palavras pra Noah. Ele não quis.

— Não fale pra ele, Paul. Mostre.

— E como eu faço isso?

Tony balança a cabeça.

— Não vou te dizer. Mas tenho a sensação de que, se você pensar bem, vai descobrir como. Se quiser ser amado, seja amável. É um bom lugar pra começar.

Penso no que acabou de acontecer. Penso em coragem. O risco de fazer papel de bobo não é nada em comparação ao que Tony acabou de fazer. Nada.

O Snoopy no relógio de Tony está fazendo uma pose de discoteca estilo John Travolta. É hora de eu ir para casa jantar.

— Você quer que eu fique? — pergunto.

Tony balança a cabeça negativamente.

— Vou ficar bem — diz ele, tentando me tranquilizar.

— Mas seu pai...?

— Vou encarar isso.

— Você não precisa encarar sozinho.

— Eu sei. Mas seria melhor se você não estivesse aqui. Meu pai é mais fácil de enrolar que minha mãe, desde que ele não veja muito as coisas. — Ele sabe o que estou prestes a dizer. — Sei que não é certo, Paul, mas é assim que as coisas são. E, nesse momento, vou ter que lidar com as coisas como são.

Concordo com um movimento de cabeça.

— Me ligue — digo.

— Pode deixar — responde Tony.

Ele fala com tanta segurança que acredito nele.

Três horas depois, ele liga. Minha mãe atende o telefone.

— Tony! — diz ela, toda feliz. — É tão bom ouvir sua voz! Andei fazendo estoque de macadâmia, então é melhor você vir logo aqui. Posso até buscar você e levar pra casa, como antigamente. Você é sempre bem-vindo aqui.

(Cara, eu a amo.)

— Na próxima eleição, vou votar na sua mãe pra ser o próximo Deus — diz Tony, quando pego o telefone.

— Como foi?

— Bem... — A voz de Tony soa um pouco chateada. — Infelizmente, você não vai ver a parte de dentro do meu quarto por um tempo.

— Tony...

— Mas *vai* poder ver muito minha cozinha. Só tome o cuidado com onde bota essas mãos, tá?

A sensação de uma pequena vitória é assim: parece uma pequena surpresa e um monte de alívio. Faz o passado parecer mais leve e o futuro parecer mais leve ainda, mesmo que por um momento. Parece a leveza vencendo. Parece uma possibilidade.

Eu fui o primeiro representante de turma abertamente gay da minha turma de terceiro ano. Vi homens andando de mãos dadas na rua em uma cidade grande e li sobre mulheres se casando em um estado não muito longe do meu. Encontrei um garoto que talvez eu ame e não fugi. Acredito que posso ser quem eu quiser ser. Todas essas coisas me dão força. Assim como uma coisa tão simples quanto falar com Tony no telefone depois da hora de voltar para casa, ouvir que vamos nos encontrar na cozinha dele sem termos que mentir.

Como falei, é uma pequena vitória. Pode não durar, mas agora significa tudo para mim.

Possivelmente talvez

O limite entre o amor e a perseguição é tênue. Decido atravessá-lo. Quero fazer a coisa certa com Noah. Mostrar para ele, como Tony falou. Porém sou mais guiado pelo que Tony me mostrou. Não vou hesitar na hora de dizer quem eu amo.

No primeiro dia, dou a ele flores e tempo.

Na noite anterior, destranco meu armário de papéis de origami, com mais de mil folhas de cores intensas e quadradas. Transformo todas em flores. Cada uma delas. Não durmo. Não faço pausas. Porque sei que, além de estar dando flores para ele, estou dando o tempo que demoro para fazê-las. A cada dobra, estou dando a ele segundos da minha vida. A cada flor, parte de um minuto. Prendo o máximo que consigo em cabos de limpadores de cachimbo. Monto buquês e arranjos, alguns com pássaros em cima. De manhã, eu os penduro nos corredores, com o armário dele como centro de tudo, para que ele saiba que são todas para ele.

Cada minuto, cada dobra é uma mensagem minha

No segundo dia, dou a ele palavras e definições.

Não quero dizer que falo com ele; não, não faço isso. O que faço é uma lista de palavras que amo...

> *resplandecente*
> *eufórico*
> *vulgar*

... e acrescento as definições...

> *resplandecente — que emite luz, brilhante*
> *eufórico — que experimenta ou provoca euforia*
> *vulgar — baixo, ínfimo, ordinário*

Em pouco tempo, decido olhar o dicionário aleatoriamente para encontrar outras palavras e definições especiais. Faço isso na mesa da cozinha de Tony, com ele ao meu lado. Decidimos que esse é o tipo de dever de casa que não podemos trocar, precisa ser feito por mim

> *entulho — fragmentos de uma demolição ou desmoronamento*
> *mucronado — terminado em ponta aguda e reta*
> *frequentação — ação de frequentar*

A mãe de Tony vai até a cozinha 12 vezes durante a primeira hora. Primeiro, pergunta se precisamos de alguma coisa. Depois de um tempo, finge que precisa de alguma coisa: da tesoura na gaveta, de um número de telefone no bloco da cozinha. Será que ela acredita mesmo que vou começar a violentar o filho dela na mesa da cozinha se ela não nos interromper para pegar um copo de água a cada dez minutos? Acho que não há como garantir a ela que não vou fazer isso. Então, nós a confundimos com meu trabalho, pois leio em voz alta todas as palavras que encontro apenas virando as páginas e escolhendo uma palavra de que gosto.

> *libertinagem — devassidão*
> *azul-celeste — azul-céu*
> *isocronia — sincronização entre tempo narrativo e tempo da história*

Tony me diz que andou pensando em ligar para Kyle, só para ver se ele está bem.

— Ele deve precisar conversar com alguém — diz ele —, e não pode ser você.

Sei que não pode ser eu e digo isso a ele. Acho legal Tony poder ajudá-lo. Não sei por que isso nunca me ocorreu antes, mas consigo ver os dois se dando bem.

> *profético — que prevê ou prediz*
> *vítreo — feito de vidro*
> *dúlcido — doce*

As palavras não têm nada em comum. Mas é disso que gosto nelas. Há tantas palavras na língua; acabamos conhecendo muito poucas delas. Quero compartilhar algumas das estranhas com Noah.

Depois que anoto as palavras, cem, no total, reescrevo-as com capricho em um longo pedaço de papel, com o cabeçalho:

> *Palavras para se encontrar e conhecer neste mundo*

Amarro o papel com um pedaço de fita que Tony encontra no quarto, a fita de um presente que Joni deu no aniversário dele.

Pergunto a Tony se ele conversou com Joni ultimamente. Ele diz "mais ou menos", mas não explica.

Deixo o pedaço comprido de papel com palavras e definições no armário de Noah no começo do dia. No fim do dia, encontro um pedaço de papel no meu armário. Noah me deu uma palavra que ele mesmo inventou.

literogratifelicidade — obrigado pelas palavras

No terceiro dia, dou a ele espaço.

É sábado, e decido deixá-lo em paz. Coloco uma carta na caixa de correspondência dele desejando um bom dia. Não quero sobrecarregá-lo. Também quero dar a ele (e a mim) tempo para pensar.

No quarto dia, dou a ele uma musica.

Zeke tem que ir até o salão do baile porque vai nos agraciar com algumas músicas para o baile do fim de semana que vem. Explico minha situação, e ele me oferece um pouco de seu talento de trovador. Ele me pergunta o que sinto por Noah, e conto todos os meus pensamentos, desde os mais bobos aos mais sublimes, os ridículos e os consagrados. Dou a ele matérias-primas de saudade, matérias-primas de esperança, e, como um bordador experiente de colchas de retalhos, ele costura tudo e faz uma coisa grandiosa e completa.

Todo o comitê do baile (menos Kyle, que preferiu não participar do dia) faz uma pausa para ouvir e começa a aplaudir quando Zeke termina. Triunfante, ele nos reúne e nos leva do ginásio até a rua, como um flautista de Hamelin orgulhoso, nos balançando e cantando ao som da música até estarmos todos na porta de Noah, um desfile de simpáticos simpatizantes entregando uma música. Amber me empurra para a frente, ao lado de Zeke.

— Mas não sei cantar — sussurro para ele.

— Acho que ele vai saber que a música não é minha, mesmo se eu cantar.

Ficamos perto do quarto. Claudia vai até a porta, lança um olhar de raiva para todos nós e diz que Noah está no estúdio. Conseguimos convencê-la a chamá-lo. Ele finalmente aparece na janela do quarto.

A voz de Zeke enche o ar de doçura.

tem uma vez
em que eu nunca penso duas vezes
você me dá isso, garoto
você me dá isso

tem um tipo
que é bem mais que gentil
você me dá isso, garoto
você me dá isso

e agora, sei que está na hora de eu contar
todas as partes de mim que você ajudou a revelar
a encontrar

tem uma ida
que se transforma em permanência
você me dá isso, garoto
você me dá isso

tem um sonho
que segue seu próprio curso

você me dá isso, garoto
você me dá isso

e às vezes sinto tanto pavor
que tem partes de mim que quero expor
meu amor

tem uma verdade
que nunca soa errada
vou te dar isso, garoto
vou te·dar isso
tem uma palavra
que procura uma música
vou te dar isso, garoto
vou te dar isso
me deixe te dar
eu prometo
eu prometo
te dar isso
um sonho, uma melodia
nunca errar um dia
uma vez, duas vezes
nunca fazer besteira
uma vez, duas
muito mais gentileza
um amor, um amor
uma inundação de amor
vou te dar isso, garoto
eu prometo
eu prometo
te dar isso

Durante a música, Noah olha para mim e olha para Zeke. Quando ele olha para Zeke, eu o observo como se observa um bebê, esperando a expressão seguinte. Quando ele olha para mim, afasto os olhos rapidamente. Não consigo sustentar o olhar dele, não enquanto não souber que é para eu olhar nos olhos dele.

Quando a música acaba, Noah sorri e aplaude. Zeke faz uma leve reverência e leva todo mundo de volta ao ginásio. Sou o último a ir e fico observando o rosto de Noah desaparecer na janela. Ando devagar, me perguntando o que fazer depois.

Ele me alcança e toca no meu ombro.

— Você não precisa fazer isso — declara ele.

Eu digo que preciso.

— Estou mostrando pra você — falo.

— Tudo bem — responde ele.

Deixamos por isso mesmo.

No quinto dia, dou a ele filmes.

Uso um dinheiro que tinha guardado para comprar vinte rolos de filme, alguns preto e branco, alguns coloridos. Em cima de cada caixa, escrevo uma palavra de uma citação que encontrei de um fotógrafo experiente: *Seja olhando para as montanhas ou observando a mera sombra de um galho, sempre é melhor manter a visão clara.*

Para dar os filmes para Noah de forma criativa, preciso de cúmplices. Tony, Infinite Darlene, Amber, Emily, Amy, Laura e Trilby estão dispostos a ajudar. Até meu irmão participa e se oferece para ser garoto de entrega depois que conto meu plano para ele.

Cada cúmplice envia o filme para Noah de uma forma única. Tony começa ligando para o celular de Noah e deixando um enigma que o leva até o primeiro rolo, que larguei em cima da cadeira 4U no auditório da escola. Infinite Darlene faz estolas de pele falsa para suas caixas e as entrega delicadamente ao longo do dia. Amber cria um estilingue do tamanho de uma Kodak e dispara os rolos para dentro da bolsa de Noah quando ele não está olhando (e, às vezes, quando está). Emily e Amy desenham rostos nos tubos delas e entregam para Noah como se formassem uma família. Laura coloca os filmes em lugares misteriosos em que sabe que Noah vai encontrar (como grudado embaixo da carteira dele). Trilby pinta o tubinho dela com as cores da escola. Meu irmão, abençoado seja, simplesmente anda até Noah e diz:

— Toma, meu irmão queria que eu te desse isto.

Perfeito.

Até Ted oferece ajuda. Ele ainda parece um pouco instável, dizem que está procurando alguém para ajudá-lo a esquecer a pessoa com quem ele ficou para esquecer Joni. Já entreguei todos os tubos de filme, então prometo que ele vai ser meu reserva número um se alguém falhar. Nenhum de nós menciona Joni, mas ela está presente em todos os nossos encontros.

Ainda parece estranho não ter Joni ao meu lado. (Não é que tenha ido para o lado de outra pessoa; ela apenas saiu completamente de campo.) Eu me pergunto se alguém contou para ela o que está acontecendo. Eu a vejo nos corredores, sempre com Chuck e nunca olhando para mim. Nessa mesma época no ano passado, ela estava me ajudando a pendurar cartazes do Baile Aristocrático, me avisava quando eu prendia os pôsteres tortos e me ajudava a consertar. Se tivesse a impressão de que Joni estava sentindo a minha falta, ou, pelo menos que estava sentindo falta de nosso passado, eu entenderia melhor. Mas esse desligamento total faz até o passado parecer triste e maldito.

No sexto dia, escrevo cartas para ele.

Sei que só tenho mais um dia. Quando ele me deixa um bilhete agradecendo pelos filmes, sei que logo chegará a hora de falar com ele, de ver se tenho chance. Mas, em vez de confrontá-lo na mesma hora, decido escrever uma resposta. No começo, é um bilhete no qual digo que tenho certeza de que ele vai fazer bom uso dos filmes. Mas acaba virando uma carta. Não consigo parar de escrever para ele. Mal presto atenção às aulas e paro só para reparar em imagens e acontecimentos que posso compartilhar com Noah na carta. Não é muito diferente de quando eu escrevia bilhetes na aula, antes de tudo acontecer. Porém parece mais intenso. Um bilhete é uma atualização ou uma diversão. Uma carta é dar parte de sua vida, uma visão de seus pensamentos além de meras observações.

Termino a primeira carta. Pego um envelope com meu orientador e colo a aba com os papéis lá dentro. Em vez de contar com a ajuda de amigos, entrego eu mesmo a carta para Noah. Ele parece um pouco surpreso, mas não fechado. Começo a segunda carta imediatamente, a partir do momento em que entreguei a primeira carta e o que estava passando na minha cabeça. De repente, a semana toda começa a se explicar. Estou contando em vez de mostrar, mas não parece ter problema, considerando que já mostrei tanto.

Estou escrevendo minha terceira carta para Noah na sala de estudos quando Kyle se senta na minha frente. Desde o incidente do cemitério, ele anda fugindo de mim. Mas agora está claro que quer conversar. Cubro a carta que estou escrevendo e digo oi.

Ele está nervoso.

— Olha — diz ele —, não quero que seja assim de novo.

— Nem eu.

— O que vamos fazer então?

Percebo nesse momento que Kyle também é corajoso. Que ro valer a coragem dele.

— Vamos ficar bem um com o outro — digo, com cautela. — Vamos ser amigos. E estou falando sério. Não é por achar que a gente não fica bem junto que temos que nos afastar. Isso faz sentido?

Kyle concorda.

— Faz.

— Está tudo bem, então?

— Andei conversando com Tony nos últimos dias. Mas você já deve saber disso. No começo, quando ele ligou, eu pensei, o que está acontecendo aqui? Devia ser a primeira vez que ele me ligou, exceto pelas vezes que você estava na minha casa e ele ligava pra falar com você. Eu não soube o que dizer, e ele compreendeu muito bem. Andamos conversando muito agora, e o engraçado é que uma parte de mim está feliz de tudo isso ter acontecido, porque, se eu ficar amigo dele e eu e você continuarmos amigos, é uma coisa boa derivando de uma ruim. E o ruim nem é tão ruim. Me sinto bobo por causa do outro dia. Achei que tinha uma coisa ali, e não tinha. Mas agora, acho que eu acho que tem uma coisa que tem mesmo.

— E tem — digo.

Não posso dizer para ele que a coisa que ele achou que não existia não era *totalmente* inexistente. Não posso dizer que alguns dos meus sentimentos por ele sempre vão permanecer mal resolvidos, e que parte do desejo de tê-lo de volta na minha vida era para contrariar todos os motivos de ele ter me largado. Não posso demonstrar que agora gosto mais dele do que gostava na cripta da aristocrata. Apesar de não estar gostando dele da forma como ele gostaria (Noah tem o monopólio disso), *gosto* dele o bastante para saber que um momento diferente e um lugar diferente poderiam ter levado a um resultado diferente. Mas, como não estou planejando abandonar meu momento e local tão cedo, não faz sentido comentar isso.

Começamos a falar mais um pouco sobre o baile. Agora que não estamos mais constrangidos um com o outro, Kyle vai começar a aparecer de novo nas reuniões para ajudar com os planejamentos finais.

Quando Kyle vai embora, termino minha terceira carta para Noah. A quarta eu coloco na sua mão quando ele está indo embora da escola. A quinta é a que levo para casa comigo e guardo para o dia seguinte.

Instinto e prova

No sétimo dia, me dou para ele.

Faço isso indo até lá e dizendo oi. Faço isso dissolvendo a distância entre nós. Faço isso sem saber como ele vai reagir. Talvez essa seja a única coisa que dou a Noah que ele retribui.

Eu o procuro de manhã porque acho que não consigo esperar até a tarde. Ele nem chegou ainda no armário; espero na escada da escola, com a luz matinal ainda recente. Ele me vê e anda até mim. Entrego minha quinta carta e digo oi. O envelope é verde. Quando ele o levanta, o verde dos olhos dele se destaca.

— Paul... — começa ele.

— Noah... — falo.

— Não sei o que dizer.

O tom da voz dele parece mais com *Não sei o que dizer porque estou sem palavras* em vez de *Não sei o que dizer porque você não vai gostar do que tenho para dizer*. Isso é um bom sinal.

— Não precisa dizer nada.

Nós nos sentamos lado a lado na escada. Outros alunos entram na escola passando ao nosso lado.

— Obrigado pelas cartas. Reli todas ontem à noite.

Imagino-o no quarto maravilhoso. Fico feliz de minhas palavras terem entrado ali, mesmo se tiverem sido banidas depois.

— Eu queria responder — continua ele. — Mas decidi fazer outra coisa.

Ele tira um envelope da mochila e me entrega. Minhas mãos estão tremendo um pouco quando o abro. Dentro, encontro quatro fotos. São imagens da nossa cidade, imagens da noite. Cada uma tem uma ou duas palavras, mas conheço tão bem a cidade que consigo saber de onde elas vêm, assim como o que dizem.

Da placa em frente ao Centro Comunitário Judeu: *queria*

De um anúncio da loteria em frente à papelaria: *que você*

Da inscrição no portão do cemitério: *estivesse*

E a última foto: Noah refletido em um espelho no estúdio dele. Uma das mãos segura a câmera em frente ao olho. A outra segura um pedaço de cartolina, com uma única palavra escrita.

Aqui.

Olho para as imagens, e parece que são a única coisa que eu sempre quis. Como ele poderia saber disso?

— Serendipidade — diz ele. — Fiquei acordado a noite inteira revelando. Tirei fotos de cem palavras, e essas eram as que eu queria. Foi o que meu instinto me disse.

— E o que seu instinto está te dizendo pra fazer agora? — pergunto. Não me sinto nem um pouco merecedor.

Há uma pausa.

E ele diz:

— Está me dizendo pra convidar você pro baile de sábado

Eu pisco.

— E o que você vai fazer?

— Você quer ir ao baile de sábado comigo?

— Vou adorar. Não é esse tipo de baile, as pessoas não precisam ir acompanhadas nem nada, mas vou adorar ser seu par mesmo assim.

Não posso deixar só nisso. Tenho que acrescentar:

— Sinto muito por tudo.

E ele olha para mim e diz:

— Eu sei.

— Senti tanto sua falta — digo, esticando a mão para tocar no rosto de Noah.

Ele se inclina e me beija uma vez. Diz que também sentiu minha falta.

Sei que isso é certo. Sei que ele não vai ser maravilhoso o tempo todo, porém há mais maravilha nele do que em qualquer outra pessoa que já conheci. Isso me faz querer ser maravilhoso também.

Flutuo ao longo do dia. É claro que todo mundo que me ajudou nessa última semana quer saber no que tudo aquilo resultou. Mas eles só precisam dar uma olhadela em mim para saber.

— Muito bem! — comemora Amber.

Ted me dá um soco no ombro. Dói, mas sei que foi com boa intenção.

Infinite Darlene diz:

— Não vai fazer besteira de novo, querido.

Eu digo que não vou.

Eu juro que não vou.

Até Kyle fica sabendo. Ele não diz nada para mim sobre o assunto, mas, quando nos encontramos no corredor, Kyle faz um movimento de cabeça de aprovação.

Depois da aula, eu me encontro com Noah e vamos para a Sorveterror. Ele pede um sundae vermelho-sangue, e eu peço sorbet com jujuba de minhoca. Ele me conta o que anda acontecendo (os pais voltaram para a cidade, mas já viajaram de novo), e eu conto o que anda acontecendo comigo. Conto toda a saga de Joni e o que Tony vem passando.

— A gente devia ir lá pra alegrar ele um pouco — sugere Noah.

— Tem certeza? — pergunto. Afinal, ele e Tony não são amigos.

— Tenho. Precisamos nos unir, certo?

— Claro.

Ligamos para o meu irmão, que fica mais do que feliz de nos levar até a casa de Tony. (Ele também parece feliz de eu estar com Noah; não sabia que Jay tinha esse tipo de sentimento.)

Tony está ao telefone com Kyle quando chegamos lá. Com toda a minha felicidade do momento, quase digo para Tony convidá-lo para ir até lá. Mas me dou conta do gesto colossalmente constrangedor que seria (com Noah presente) e mantenho a boca fechada.

Apesar de os pais de Tony não estarem em casa, ficamos na cozinha. Isso funciona bem, porque estamos todos com fome. Se tivéssemos ficado presos na sala de jantar, estaríamos com problemas.

— Tenho novidades — diz Tony.

Adoro a forma como ele recebeu Noah, como se fosse natural ele estar aqui. Adoro a forma como Noah se encaixa na situação.

— Qual é sua novidade?

— Quero ir ao Baile Aristocrático.

Isso é novidade. Ano passado, os pais de Tony não o deixaram ir.

— Que ótimo — diz Noah. — Você pode ir conosco.

Tony suspira.

— Não e tão fácil. Sabe, meus pais dizem que não posso ir. Mas quero ir mesmo assim. Não quero sair escondido, isso seria bem ruim.

— Então o que você... o que *nós* vamos fazer? — pergunto.

— O negócio é o seguinte. Eu acho que, se bastante gente vier me buscar, se meus pais virem um grupo grande de garotas e garotos, pode ser que me deixem ir.

— Parece um bom plano — digo. — Podemos reunir todo mundo.

— Pode contar comigo — oferece Noah.

— Comigo também. Jay pode nos trazer de carro. Tenho certeza de que conseguiremos trazer Laura e Emily e Amy e Amber...

— Quem é Amber? — pergunta Tony.

Eu tinha esquecido o quanto Amber é nova na minha vida.

— É uma garota do comitê. Você vai gostar dela.

— Ah, sim. Kyle me contou sobre ela.

Preciso perguntar:

— Então Kyle também vai?

Tony concorda.

— Ele está dentro.

— E Joni?

Agora, a expressão de Tony é hesitante.

— Não sei — diz ele.

— Você pediu a ela?

— Pedi.

— E?

— Ela quer...

— Mas?

— Acho que Chuck não quer.

— Não entendo o que uma coisa tem a ver com a outra — digo.

Mas é claro que entendo. Sei exatamente o que está acontecendo, e isso me deixa furioso. Estou tão chateado com Joni nesse momento. Palavras não são capazes de descrever. Não me importo se ela me desprezar. Mas desprezar Tony não tem justificativa.

Sei que Tony vai se sentir pior se eu demonstrar o quanto estou chateado. Assim, começo a falar sobre o baile. Noah enfia a mão na mochila e pega algumas das fotos que tirou no cemitério. São extraordinárias: assustadoras, mas de uma forma espiritual. Consigo perceber que Tony fica tão impressionado quanto eu. Em determinado ponto, quando Noah precisa ir ao toalete (concluímos que isso é permitido, mesmo não sendo na cozinha), Tony me lança um olhar de quem está entendendo e dá um sorriso.

— É tudo por sua causa — digo. — Você me disse pra mostrar a ele, e eu mostrei. Sinceramente, eu não teria confiado em mim mesmo para fazer isso se você não tivesse sugerido.

— Foi tudo você — fala ele em resposta. — E valeu a pena?

Eu concordo na hora em que Noah está voltando para a cozinha.

— O quê? — pergunta Noah, sentindo que está entrando no meio de uma conversa.

— Nada. — Eu e Tony dizemos ao mesmo tempo, depois nos olhamos e rimos.

— Estávamos falando sobre você — revela Tony.

— Só coisas ruins, eu garanto — acrescento.

Noah lida bem com isso. Depois de uma hora juntos e de fazermos o dever de casa, Jay volta, e Noah e eu vamos embora. Jay deixa Noah em casa; eu o levo até a porta. Ele bagunça um pouco meu cabelo antes de entrar. Bagunço o dele. Sorrimos e dizemos tchau. Esperamos ansiosamente pelo próximo oi.

Quando volto para o carro, Jay pega o caminho de casa. Mas eu digo para ele que temos mais uma parada a fazer.

Preciso falar com Joni. Agora.

Centelhas

A mãe de Joni fica surpresa ao me ver. Também parece aliviada.

— Paul! — exclama ela, após abrir a porta. — É tão bom ver você.

— Você também — digo.

E é verdade. Ela é como uma segunda mãe para mim. Uma das coisas mais difíceis de perder Joni é que também perdi minha segunda família.

— Joni está em casa? — pergunto.

— Está lá em cima. Duas semanas atrás, ela me pediu pra não deixar você entrar se aparecesse aqui. Mas você pode entrar sim.

É um sinal de como não conheço mais Joni direito o fato de eu ficar com medo de arrumar problema para a mãe dela.

— Tem certeza? — pergunto.

— Absoluta — responde ela. — Sei que vocês dois se desentenderam e, na minha opinião, quanto mais rápido superarem, melhor. Então, pode subir. Chuck foi embora uma hora atrás. Acho que estão no telefone.

Não pergunto à mãe de Joni o que ela acha de Chuck, sei que isso é totalmente contra as regras. Mas sinto pela voz dela que não é muito fã dele. Ou talvez eu só esteja ouvindo o que quero ouvir.

Se voce me tirasse os cinco sentidos, eu ainda seria capaz de encontrar o caminho do quarto de Joni a partir da porta de entrada. A única coisa que mudou desde o primeiro ano é o tamanho dos meus passos.

A porta está fechada. Eu bato.

— Agora não! Estou no telefone!

Eu bato de novo. Consigo ouvi-la andando pelo quarto.

— Um segundo — diz ela para o telefone. E então: — O que foi, mãe?

Quando ela abre a porta, eu digo:

— Não é sua mãe. Sou eu.

— Estou vendo — responde Joni secamente.

Ela não desliga o telefone.

— Preciso falar com você.

— Estou ocupada.

Quero desligar o telefone por ela. Mas me controlo e apenas deixo claro que não vou embora.

Ela olha para mim intensamente, depois diz "tenho que ir" ao telefone.

— Pronto — diz ela ao desligar. — Está feliz?

Por que você está fazendo isso?, tenho vontade de gritar. *O que fiz pra você?*

Preciso lembrar a mim mesmo que o assunto aqui não somos nós. É Tony.

— Acabei de vir da casa de Tony — digo.

— Falei com ele dois dias atrás. Ele me pareceu bem.

Eu concordo.

— Ele está indo muito bem.

— Obrigada pelo relatório.

Não vou deixar que ela me irrite. Não vou ser eu quem vai explodir.

— Quero conversar com você sobre a noite do baile. Tony quer que a gente vá buscá-lo. Quero ver se você vai poder ir.

Joni balança a cabeça.

— Acho que isso não vai dar certo. Desculpe.

— *Desculpe?!?* Só isso?

— O que mais você quer, Paul?

— Joni, estamos falando de Tony. Você sabe o inferno que ele talvez tenha que enfrentar pra ir ao baile?

— Eu entendo isso. Mas tenho outros planos. Posso apoiá-lo de outras formas. Não preciso estar lá.

Será que ela acredita mesmo nisso? Vejo um brilho de dúvida nos olhos dela.

— É claro que você precisa estar lá — enfatizo. — É a primeira vez que Tony nos pede alguma coisa, Joni. *Primeira.* Ele está fazendo a única coisa que sempre quisemos que ele fizesse, que enfrentasse os pais. Ele nos quer lá. Nós dois.

— Se ele tivesse tido essa ideia uma semana atrás, ou talvez alguns dias atrás, eu talvez conseguisse rearrumar as coisas. Mas fizemos promessas, Paul. Fizemos planos. Não posso recuar.

— Por quê? Chuck não deixa?

Joni se empertiga toda.

— Não comece, Paul — avisa ela com voz gelada.

— Por que, Joni? Afinal, não vou dizer nada que você já não saiba.

Pronto. Sou eu quem cruza o limite. Espero que ela esteja feliz.

Agora, tenho que ir embora antes que ela me mande. Preciso disso, pelo menos.

— Você sabe qual é a coisa certa a fazer — digo.

E então, me viro e saio. Não bato a porta. Não bato os pés na escada. Não me esqueço de me despedir da mãe dela, que me dá um abraço de verdade.

Vou andando para casa. Apesar de meu casaco ser grosso, eu tremo. Apesar de estar silencioso na rua, minha cabeça é só barulho.

Apesar de eu querer torcer pelo melhor vindo de Joni, espero o pior.

E essa é a coisa mais triste e louca de todas.

Consigo expressar a maior parte dos meus sentimentos para Noah pelo telefone naquela noite, e tento manter a situação com Joni longe dos meus pensamentos quando chego à escola no dia seguinte. Só faltam dois dias para o baile, e há muito planejamento a fazer até lá.

Não estamos nos concentrando na morte; na verdade, estamos nos cercando das coisas que permanecem depois da morte: palavras e lápides e retratos e lembranças. A foto da aristocrata é a primeira coisa que penduramos nas paredes do ginásio. Todo o resto vem depois.

Evitamos o preto. Queremos encher a morte de cor. Kyle sai de um armário de materiais com os braços cobertos de tecidos azuis, seu tributo pessoal à aristocrata. Em vez de pedir às pessoas para irem fantasiadas, pedimos que usem coisas herdadas. Vou usar o relógio do meu avô e o broche de coração da minha avó. No bolso, vou carregar o lenço com monograma que meu outro avô levou para a guerra; junto dele, vou carregar uma carta que minha avó escreveu para ele naqueles anos, cheia de palavras de amor eterno. Gosto de pensar que, enquanto eu estiver dançando, eles estarão vivos de novo, de alguma maneira. Vou revivê-los com meus pensamentos e sentimentos.

Trabalhamos duro por 48 horas. Amber cuida do som, introduzindo trechos dos livros dos túmulos e de Emily Dickinson nas músicas que escolheu. Somos espelhados nas reflexões das outras pessoas.

Ted aparece para ajudar. Eu o vejo flertando com Trilby quando eles estão jogando fitas nas vigas do teto. Infinite Darlene estala a língua de longe, mas não diz nada.

Noah também ajuda. Ampliamos as fotos dele para pendurar nos cantos, uma forma de atrair as pessoas até lá. Ele me vê quando vou colocar velas no espaço embaixo das arquibancadas, para dar um clima.

— Não há risco de incêndio? — pergunta ele.

— *Shh* — respondo, levando o dedo aos lábios e tornando a baixar.

Eu acendo as velas. O ar tem cheiro de baunilha. Noah estica a mão e toca minha bochecha. Passa o polegar pelos meus lábios e pela lateral do meu pescoço. Ele me direciona contra a parede e me beija. Correspondo intensamente. Inspiramos um ao outro. Enquanto o sistema de som é testado e orquídeas são colocadas sobre as mesas, colocamos as mãos nos corpos um do outro e exploramos um ao outro e marcamos o tempo com movimentos e sussurros. Só paramos quando Trilby chama meu nome.

— Parece que as velas funcionam — diz Noah, se afastando e ajeitando a camisa que está para fora da calça.

— *Shh* — falo de novo, com a voz cheia de brilho.

— *Libertinagem* — conclui ele, com um sorriso. É uma das minhas palavras de dicionário.

Sempre acredito secretamente que montar uma festa é mais divertido que ir à festa. Quando estou dizendo a Trilby e Ted onde devem pendurar os esqueletos dançantes, vejo o quanto todos nós estamos animados. Infinite Darlene está tocando músicas com Amber e Amy. Emily está desembrulhando uma tigela de ponche dourada. Kyle está treinando dançar com o retrato da aristocrata. Noah está encostado na parede do ginásio, preparando a câmera para tirar uma foto. É uma pena precisarmos deixar outras pessoas entrarem nesse mundo que estamos criando.

Mas então, penso em Tony, e estou pronto para abrir as portas.

Um pequeno passo

A noite de sábado chega, e pareço fabuloso. Estou usando um smoking de segunda mão e um par de sapatos que brilham como uma guitarra Gibson. Fiz uma flor de origami para a lapela de Noah e prendi o broche da minha avó com orgulho.

Meus pais ficam perplexos quando me veem. Não pareço mais um garoto. Também não pareço adulto, mas definitivamente pareço mais velho que um garoto.

— Quer uma das minhas gaitas emprestada? — pergunta meu pai. (Ele sempre leva uma para as festas, só para o caso de ficar meio sem graça.)

— Você escovou os dentes e passou fio dental? — pergunta minha mãe.

— Está pronto para ir? — diz Jay. Ele tem que ir buscar a acompanhante dele.

No carro, ele me agradece.

— Por quê? — pergunto.

— Por me avisar sobre você e Noah — responde ele. (Eu mencionei para ele, como prometido, antes de Rip descobrir que Noah tinha me convidado para o baile.)

— O quanto você vai ganhar?

— Rip vai ficar me devendo 500 dólares.

— Quinhentos?!? — Não consigo acreditar. — As chances estavam tanto assim contra mim?

Jay balança a cabeça.

— Não. Eu só apostei muito em vocês dois.

Agora é minha vez de agradecer. Ele mostrou que acreditava em mim, de sua forma deturpada de irmão mais velho.

Pegamos a acompanhante dele, Delia Myers, que está linda com um vestido roxo rodado. Ela me mostra uma pulseira que era da avó dela. Tem o formato de duas asas.

Fico um pouco nervoso quando chego na casa de Noah. Ainda não conheci os pais dele. Eu me pergunto se vai ser esta noite.

Toco a campainha. Claudia atende. Ela parece surpresa de me ver tão arrumado.

— Noah está em casa? — pergunto.

— Dã — responde ela.

Ela o chama.

— Seus pais estão em casa?

Ela balança a cabeça com tristeza.

— Então acho que devo pedir sua permissão — digo.

Ela olha para mim como se eu fosse um marciano.

— Pra quê?

— Pra levar Noah ao baile.

— Vocês não precisam da minha permissão.

— Mas eu gostaria de ter.

Ela olha para mim de novo.

— Acho que tudo bem.

Isso é tudo que ela vai me dar, mas concluo que é um começo.

Noah desce, e lhe dou a flor. Ele me entrega a foto de uma flor; é linda, de cores mais vibrantes que a verdadeira.

— Achei que duraria mais — diz ele, e coloca delicadamente no meu bolso.

Claudia desaparece em outro aposento. Noah segura minha mão.

— Vamos buscar Tony — diz ele.

Estamos quase saindo de casa quando Claudia volta.

— Um segundo — pede ela. Nós nos viramos para ela, e ela levanta uma câmera. — Quero tirar uma foto de vocês dois.

Ela nos pede para posarmos em frente à escada. Pede que nos inclinemos um na direção do outro, que eu coloque a mão no ombro dele. É uma coisa tão simples e rotineira, sorrir para o flash, verificar se tudo está no lugar. Mas, para mim, é uma revelação. Pela primeira vez na vida, sinto-me realmente parte de um casal. Sinto que Noah e eu juntos somos uma coisa só. Posar para a câmera da irmã dele, seguir pela entrada da casa de mãos dadas, na direção do carro do meu irmão, essas são coisas sobre as quais não precisamos pensar. Parecem naturais.

Jay e Delia dão boas-vindas a Noah no carro, e seguimos até o quarteirão antes da casa de Tony. Todos combinamos de nos encontrarmos lá e andarmos até a casa dele juntos. Kyle já está lá. (Mais tarde, descubro que foi o primeiro a chegar.) Infinite Darlene está usando um vestido estilo Grace Kelly. Trilby e Ted estão lá; suas roupas não combinam, mas alguma coisa nas expressões deles, sim. Amber está linda com um vestido longo que era da bisavó dela, da época que era mocinha. Laura e a namorada estão vestidas de Hepburn e Hepburn. Emily e Amy estão comedidas de calças jeans e suéteres antigos.

Joni não está em lugar nenhum. Chegou a hora de irmos para a casa de Tony, mas não nos mexemos. Os que a conhecem ainda estão esperando que ela chegue. Apesar de não dizermos nada, sei que Ted está esperando e Infinite Darlene está esperando. Ainda achamos que ela não perderia isso. Mas parece que estamos errados. Depois de cinco minutos, Kyle diz que é melhor irmos. Para minha surpresa, ele vai na frente. Ando ao seu lado, e ele me mostra um anel que a tia deu para o marido, Tom. Ele deixou que Kyle pegasse emprestado para a festa. Agradeço a ele por me mostrar.

Chegamos à casa. Os carros estão na garagem. Os pais dele estão em casa. Kyle chega para o lado, para que possa ser eu quem toca a campainha. Estou prestes a fazer isso quando ouço a voz de Joni dizendo:

— Estou aqui.

Eu me viro e olho para ela. Chuck está ao lado dela, com aparência insatisfeita.

— Me desculpem o atraso — acrescenta ela.

— Tudo bem — digo. E toco a campainha.

A mãe de Tony atende. O pai dele está ao lado dela.

— Viemos buscar Tony para o baile — digo.

Tony aparece atrás deles usando suas melhores roupas.

— Sei — diz o pai, sem parecer muito feliz. — E você é o acompanhante dele?

— Nós todos somos acompanhantes dele — responde Joni.

Todos dão um passo à frente. Garotas e garotos. Garotos hétero e uma drag queen. Meu namorado. Meu ex-namorado. Meu irmão. Eu.

Tony se espreme para passar pelos pais e se junta a nós. A gravata dele está torta, e seu terno é marrom. Mas nunca o vi tão maravilhoso.

— Posso ir? — pergunta ele.

Os pais olham para ele. Olham para nós. A mãe dele coloca a mão sobre a boca. O pai dá um passo para trás.

— Parece que você vai de qualquer jeito — diz ele severamente.

— Mas quero que vocês digam que eu posso ir — implora Tony, com a voz falhando.

O pai parece dividido entre o dogma e a impotência. Como resultado, simplesmente se afasta.

Tony se vira para a mãe. Lágrimas caem dos olhos dela. Então ela olha para Infinite Darlene. Olha para Joni. Olha para mim e para Kyle. E olha para o filho.

— Por favor — sussurra ele.

Ela concorda.

— Divirta-se — diz ela. — Volte à meia-noite.

Tony dá um sorriso de alívio. A mãe não, nem quando ele se inclina para se despedir com um beijo.

— Obrigado — diz ele.

Ela o abraça por um momento, olha nos olhos dele. Em seguida, deixa que vá conosco para a noite. Todos queremos comemorar, mas sabemos que temos que esperar para fazer isso. Agora, temos outro motivo para dançar.

Seguimos para os carros. Tony para por um momento.

— Esperem um segundo — diz ele.

— O quê? — pergunto.

Todos param para ouvir.

— Podemos nos atrasar para o baile? — pergunta ele. — Tenho uma ideia...

O que sempre vou lembrar

São nove da noite de um sábado de novembro. Estamos em uma clareira, cercados de árvores e arbustos, sob a proteção de uma colina que gostamos de chamar de montanha. A notícia se espalhou, e a maioria de nossos amigos está aqui. A aristocrata está esperando no ginásio. Ela vai ter a chance dela logo, logo.

Alguém trouxe um rádio, e estamos dançando conforme as melodias se espalham no ar. Somos iluminados por lanternas e velas. Carregamos as cigarreiras de nossos avôs e as pulseiras de nossas avós. Somos jovens, e a noite é jovem. Estamos no meio de algum lugar e estamos sentindo tudo.

A terra é nossa pista de dança. As estrelas são nossa decoração elaborada. Dançamos com entrega, só existe a felicidade para nós aqui. Giro Amber em um tango, e nós inventamos os passos durante a dança. Tony e Kyle estão dançando ao nosso lado. Felizes. Rindo.

Nesse espaço, nesse momento, somos quem queremos ser. Tenho sorte, porque para mim isso não exige muita coragem. Mas, para outros, é preciso um mundo de coragem para ir até a clareira.

Danço com Noah. Músicas lentas e músicas rápidas. Durante as lentas, mais das coisas não ditas são compreendidas.

Tome cuidado. Ainda estou aprendendo. Você é tão lindo. Isto é tão lindo. Durante as rápidas, todos esses pensamentos desaparecem, e há a euforia tonta de ser parte de um grupo, parte da música, parte de todas as nossas diferenças e de todas as coisas que compartilhamos.

Na próxima troca de música, eu me afasto. Quero ver isso tanto quanto quero ser parte de tudo. Quero me lembrar de como foi. Fico impressionado com o amor que sinto por tantas pessoas. Fico impressionado com a aleatoriedade, com a comédia e com a fé que nos une e nos mantêm unidos. Eu me abro e absorvo tudo. A cena se desenvolve como uma rapsódia.

Vejo árvores verdes e vestidos brancos. Vejo Infinite Darlene gritando de alegria enquanto Amber tenta curvá-la até o chão. Vejo Ted incentivando-as enquanto toca uma guitarra imaginária. Vejo Kyle e Tony conversando baixinho, compartilhando os mundos. Vejo Joni guiando Chuck em uma música lenta. Vejo velas na escuridão e um pássaro contra o céu. Vejo Noah andando até mim, com carinho no olhar e um sorriso abençoado nos lábios.

E penso comigo mesmo, *Que mundo maravilhoso.*

A *quarterback* e o líder de torcida

Uma história de Dia dos Namorados
De David Levithan

Infinite Darlene está se arrumando para um encontro.

Ela coloca uma camada de maquiagem e finaliza com batom. Como sempre, fica grata pelo queixo, por Deus ter decidido fazer a barba dela só crescer a cada uma ou duas semanas, não todos os dias. A maquiagem é do tipo que tem a intenção de parecer natural; se ela fizer direito (e ela sempre faz direito), ninguém consegue dizer que ela está maquiada. Exceto pelo batom. Isso é para ser visto.

Embora Infinite Darlene tenha muitos, muitos amigos, ela não teve muitos, muitos encontros. Ela não sabe bem por quê. Talvez seja porque vive muito ocupada sendo ao mesmo tempo a rainha do baile e a melhor *quarterback* da escola. Talvez seja porque os homens fiquem intimidados por uma superestrela transgênero de 1,90 metro de altura. Talvez seja porque os garotos da escola dela são bobos, exceto os amigos, com quem ela nunca quer sair. Ou talvez, reflete ela, seja porque algumas pessoas foram feitas para terem muitos, muitos amigos, mas não muitos, muitos encontros.

Se obrigada a escolher, ela preferiria as amizades aos encontros. Mas ninguém nunca a obriga a fazer nada. Quando ela se tornou Infinite Darlene, jurou que sua vida era só dela e de mais ninguém. Ela faria qualquer coisa pelos amigos, mas teria que ser decisão dela.

Um dos motivos para ela estar tão nervosa com esse encontro, de uma forma que não era de se esperar, é porque ela se adiantou e contou para os amigos. Eles ficaram animados por ela, de uma forma que era de se esperar. Agora, ela quer que corra tudo bem, só porque eles querem tanto que tudo corra bem. "Você merece", eles ficaram repetindo, como se merecer alguma vez tivesse sido a chave para o amor. Paul e Noah e Joni e o resto deles não têm a intenção de pressionar, mas já estão pressionando. Ela sente.

De um modo geral, é um encontro inesperado. Não houve nada que levou a ele, nenhum aviso e nenhum flerte, nenhuma amizade inicial que desabrochou e virou romance. Não, o que aconteceu foi que Cory Whitman, o chefe do grupo de líderes de torcida dos Rumson Devils, se aproximou depois que o time dela arrasou com o Rumson com um placar de 24 a 10 e perguntou se ela queria sair qualquer dia. É claro que ela havia reparado nele durante o jogo, fazendo piruetas com dedicação; todo mundo sabia que líderes de torcida bonitos do sexo masculino costumavam ser usados para distrair o time adversário, e Infinite Darlene se permitiu sucumbir depois de fazer o passe e seu trabalho de *quarterback* haver terminado. Ele tinha uma segurança maliciosa com o megafone e um estilo fantástico e meio rap com as rimas. O mais importante foi que ele liderava a equipe para torcer *a favor* de seu time, não contra o outro. Eles não depreciavam ninguém. Eram bastante esportivos. E Infinite Darlene valorizava muito isso.

Ela não disse sim para a pergunta dele, não imediatamente. Não era esse tipo de garota. O que fez foi dar seu número e dizer para ele ligar, criando uma barreira fácil que impediria que um garoto preguiçoso ou que não fosse sincero passasse por ela. Cory não recuou por causa disso e ligou naquela mesma noite. Eles fizeram planos para a noite de sexta-feira.

Das pessoas próximas de Infinite Darlene, só Chuck, seu rival número um no time de futebol americano, ficou cético.

— É armadilha — disse ele. — Rumson sempre tenta perturbar a gente.

— Mas já jogamos com eles! — observou Infinite Darlene.

— Não adianta nada perturbar a gente agora.

— Então é vingança.

— É mesmo!?!

— Só estou dizendo que é suspeito.

— Um líder de torcida lindo querendo sair comigo é *suspeito*. Estamos falando de contravenção ou crime, Chuck? Me conte agora, pra eu saber o que devo vestir.

Se fosse fácil assim. Infinite Darlene não faz ideia do que vestir. Afinal, quando Cory se aproximou, ela estava usando o uniforme de *quarterback*, que é o oposto de qualquer coisa com decote. Como está frio, ela decide ir de suéter e calça jeans. Um suéter bonito, uma calça jeans bonita. E o suéter vai ser de algodão, só para o caso de ele ser alérgico a lã.

Ela se repreende por pensar isso. Quem disse que ele vai chegar perto do suéter dela?

Mesmo assim, ela escolhe uma coisa bonita para usar por baixo.

Ele vai buscá-la às seis.

Infinite Darlene não está esperando na janela. Está no computador, fazendo pesquisas de último minuto. Já descobriu que Cory joga basquete no inverno, que é solteiro (e gosta de garotas) e que tem um perigoso hábito de jogar Palavras Cruzadas. Também há nos arquivos do jornal de Rumson uma foto dele pedindo doces no Halloween aos 9 anos, fantasiado de Lando Calrissian. Infinite Darlene decide não tocar nesse assunto imediatamente.

A campainha toca.

Infinite Darlene aprendeu que a personalidade está na forma como você anda. Esse foi um dos desafios mais fundamentais que encarou quando decidiu se tornar Infinite Darlene. Ela não percebe agora, mas percebia bem na época: a ideia de medir os passos, demorar o tempo necessário, andar como se gostasse de viver dentro daquele corpo em vez de querer fugir dele. Pela forma como anda agora, toda escadinha se torna uma grande escadaria. Cada calçada é uma passarela. Mesmo parada, ela demonstra quem é.

(A única exceção é no campo de futebol. Lá, o corpo dela se transforma em uma coisa diferente. Às vezes é um prédio; outras, é um pássaro.)

Cory sorri quando ela abre a porta. Ele está feliz em vê-la e não tenta disfarçar.

Infinite Darlene levanta a guarda. Isso está fácil demais. Ela está desconfiada.

Enquanto eles andam até o carro, ele conta a ela que fez reservas para o jantar e quer saber se o restaurante que escolheu está bom. Ela gosta do fato de ele ter feito a escolha e gosta mais ainda por ter sido boa. Talvez isso seja esperado do chefe de líderes de torcida, mas Infinite Darlene nunca saiu com um antes e, por isso, não sabe. Ela se dá conta de que jamais o viu sem o uniforme. Inevitavelmente, ele é mais atraente sem um *R* enorme preso no peito, atravessado de um jeito estranho por um megafone. Ela não consegue ver bem a bunda dele na calça jeans, mas, ao mesmo tempo, o tecido não esconde tanto quanto o poliéster do uniforme.

Ele abre a porta para ela, e ela permite. Darlene precisa empurrar o banco para trás para caber lá dentro, mas não tem problema. A parte mais difícil é encontrar alguma coisa sobre a qual conversar.

Infinite Darlene não costuma ficar sem palavras. É rápida com gracinhas, sempre pronta para dar uma resposta inteligente. Mas os momentos sem gracinhas e sem respostas inteligentes a confundem. Não é que ela esteja se segurando; jamais poderia sair com um garoto que a fizesse sentir que deveria se segurar. Na verdade, está esperando que as palavras certas apareçam.

Quando Cory liga o carro, o rádio toca alto, e ele rapidamente abaixa o volume.

— Me desculpe por isso — diz ele.

Isso é constrangedor. Infinite Darlene se dá conta de que Cory é basicamente um estranho.

— Você jogou muito bem naquele dia — diz ele. — Foi realmente incrível.

— Você também — responde Infinite Darlene. — Gostei muito da parte do osso. Como era mesmo?

Cory olha ao redor, como se houvesse uma plateia de programa ao vivo no banco de trás do Toyota.

— Aqui? Você quer que eu cante e dance aqui? Não sei se este carro é grande o bastante pra uma rima daquelas.

Brincando. Misericordiosamente, ele está brincando. Infinite Darlene conhece muitos outros líderes de torcida que não estariam brincando, que acreditam que o pináculo da civilização ocidental é a criação de pirâmides impecáveis de dez pessoas.

— Vão, vão, vão pra cima do osso — começa ela.

Como esperado, Cory balança a cabeça.

— Por favor, me permita.

E começa a cantarolar.

Vão, vão, pegar o osso!
Puxem a ponte
e encham o fosso!
Ataquem como um vampiro
no pescoço!
Tem que comer
até o caroço!

— Foi uma rima inspirada — observa Infinite Darlene. — Criativa.

— Bem — diz Cory —, não tem muita coisa que rime com Rumson. Precisamos ser criativos. Mas criatividade também é sua praia, não é?

Infinite Darlene fica paralisada. O que ele quer dizer?

— No campo — acrescenta Cony rapidamente. — Se José tivesse agarrado Maria como você agarra a bola, não teria havido necessidade nenhuma da concepção imaculada.

Em sua cabeça, os amigos (e inimigo) de Infinite Darlene começam a falar.

"Aaah, ele gosta de você", diz Noah.

"Ele só pode fazer uma referência a Jesus por encontro", diz Paul. "Mais que isso é bizarro."

"Pode acreditar, não é um passe, é uma interceptação!", insiste Chuck.

Cory diz mais algumas coisas sobre o jogo, e Infinite Darlene também diz mais algumas coisas sobre o jogo. Talvez seja a única coisa que eles têm em comum. Eles querem ficar em terreno seguro, ao menos por enquanto. Mas não pode ser assim para sempre.

Apesar de a música estar baixa, Cory está batucando junto no volante. Está com ar de uma pessoa genuinamente feliz, não no sentido de raios de luar e arco-íris, mas como quem aprecia o fato de a vida ser basicamente uma coisa boa. Só de olhar para ele durante vinte segundos, Infinite Darlene consegue sentir que tem sempre uma música no coração dele. Às vezes, pode até ser uma música triste. Mas tem sempre música.

— Sabe o que eu amo? — pergunta ele.
— Não — responde Infinite Darlene. — O quê?
— Adesivos bobos de carro.

Ela demora um pouco para ver na pista da direita. *EUA: sempre amado, nunca errado.*

— Parece que foi escrito por um bando de líderes de torcida ruins — debocha Cory.
— Deveríamos bolar uma coisa melhor — sugere Infinite Darlene.

Cory pensa por um momento e diz:
— *Sempre pingue-pongue, nunca King Kong?*
— *Sempre canga, nunca tanga?*
— Aah, gostei. Vamos entrar no ramo dos adesivos de carros.

Infinite Darlene concorda.
— Vamos.

É na leveza desse momento que Infinite Darlene fecha os olhos. Ela gosta de fazer isso às vezes. É como o jogo de memória que jogava quando criança, em que via objetos e tinha que citá-los de olhos fechados um minuto depois. Só que, desta vez, ela absorve a cena toda. Faz uma pausa para deixar o momento penetrar um pouco mais fundo e para permitir que os outros sentidos tirem o peso da visão. Há um aroma de colônia no ar, um leve traço que, se alguém perguntasse, Infinite Darlene diria que tem cheiro da cor azul. Tem a música no rádio e a música nos dedos dele, assim como a sensação da rua embaixo do carro.

Isso tudo acaba antes que Cory perceba. Por um breve momento, ela se afastou. Mas agora tem certeza de que quer estar aqui.

Eles chegaram ao restaurante. Black Thai Affair: o nome é quase imperdoável, mas a comida é supostamente boa.

As pessoas olham. Elas olham quando Infinite Darlene entra. Olham quando ela e Cory se sentam. Infinite Darlene está acostumada com isso. Fora a questão do seu sexo original, tem o simples fato de ela ser uma mulher muito, muito alta. Ela é pelo menos 15 centímetros mais alta que Cory. Ele não parece se importar. E nem parece perceber que as outras pessoas estão olhando. Como diz a antiga música, ele só tem olhos para ela.

Quando Infinite Darlene e Cory recebem os cardápios, precisam encarar a decisão essencial e básica que acompanha uma ida a um restaurante tailandês, ou seja, precisam decidir se vão pedir pad thai ou não. Infinite Darlene não consegue resistir. Cory pede um prato à base de alfavaca, embora admita que pad thai fosse sua outra escolha.

Eles fazem perguntas educadas e descobrem que Rumson não é uma escola ruim, mas a de Infinite Darlene provavelmente é melhor. Cory tem três irmãs; Infinite Darlene é filha única. Cory ama basquete, mas Infinite Darlene resistiu todos esses anos por ser uma opção óbvia demais para uma garota alta como ela.

— Seria um talento natural! — diz Cory.

— Eu jogava, mas... — responde Infinite Darlene, e para no meio.

— Mas?

Mas. Infinite Darlene está em um beco sem saída. Ela decide sair da saia justa contando a verdade para ele.

— Mas... nossa escola tem dois times de basquete, e nenhum dos dois é misto. E, apesar de ninguém da cidade se importar de eu jogar no time feminino, alguns dos técnicos das outras escolas tinham opiniões diferentes. Assim, decidi seguir no futebol e em trabalho voluntário, que sempre foram meus dois maiores interesses.

Ela odeia mencionar as ocasiões em que as escolhas dela se chocaram contra o muro da limitação dos outros. Porque toda vez que ela precisa falar ou pensar sobre isso, é como bater nesse muro de novo. E ela precisa observar a reação da pessoa com quem está falando, para ver se é outro muro em construção.

— Mas isso é errado — diz Cory. — Totalmente errado.

— Não tão errado quanto a escolha de sapato daquela mulher — diz Infinite Darlene, indicando seu lado esquerdo, onde uma mulher xereta está usando uma coisa que parece um scarpin misturado com uma bota Ugg.

A xereta, ao saber que foi identificada, deixa de xeretar.

— Há quanto tempo você é...? — pergunta Cory.

— Tão incrível? — completa Infinite Darlene.

Cory sorri.

— Isso mesmo. Tão incrível.

Parece quase neurológica a forma como o sorriso e o tom dele alertam o cérebro de Infinite Darlene para enviar outra brigada encantadora. É a forma de endorfina dela, sua preparação de adrenalina.

— Correndo o risco de soar arrogante — diz ela, inclinando-se como se estivesse contando um segredo —, devo declarar que sou incrível desde o momento do meu nascimento. O médico deu uma olhada e, em vez de dizer "É uma menina" ou "É um menino", proclamou: "Minha nossa, é uma estrela!"

"Eu era pura alegria. E admito, com o tempo, parte de minha alegria deixou de ser pura, e outras coisas se embolaram no meio dela. Eu me vi me esquecendo de ser incrível. Deixou de parecer uma opção e passou a ser mais um sonho. Eu não estava negando a verdade, sabia qual era ela, mas estava negando a mim mesma o poder de expressá-la. Uma certa manhã, eu disse que bastava. Não precisei dizer para mais ninguém, só para mim. Porque eu sabia que, depois que dissesse para mim mesma, eu seria incrível o bastante para fazer todo mundo sentir o mesmo. E, se alguém não sentisse, não valia o cabelo no chão de um salão de beleza."

Infinite Darlene faz uma pausa e olha para Cory, que está prestando atenção.

— E você? — pergunta ela. — Há quanto tempo é tão incrível?

Ele está corando? Sim, Infinite Darlene acha que ele cora por um momento.

— Eu consigo me lembrar da primeira vez que dei uma estrela perfeita — diz ele. — Tinha 10 anos. Já havia feito um monte de estrelas. Eu ia para o quintal e virava uma atrás da outra, a ponto de haver marcas de mão em toda a grama e minha mãe me mandar parar. Mas essa estrela, cada pedacinho dela deu certo. Meus pés ficaram retos no ar e depois caíram na terra. De cabeça para baixo, de cabeça para cima. Durou poucos segundos, mas, quando acabou, soube que tinha atingido uma coisa incrível e que eu, por causa desses poucos segundos, fui incrível.

"Isso foi o começo. O incrível para mim, o verdadeiramente incrível, é a habilidade não só de encontrar uma coisa que você ama fazer, mas de conseguir compartilhar com outras pessoas. Assim que isso começou a acontecer, tudo pareceu certo."

— Eu quero provar coisas — diz Infinite Darlene. — Quero provar que as pessoas estão erradas. Quero provar que estou certa. Mas o incrível foi quando percebi que esse não era meu verdadeiro motivo de fazer as coisas. Se acontecer, melhor ainda. Mas quem quer passar a vida tentando provar coisas? Também quero gostar do que faço.

Essa é uma conversa incomum para o quadragésimo segundo minuto de um primeiro encontro. Mas tanto Infinite Darlene quanto Cory estão envolvidos. Eles não estão sorrindo um para o outro agora, já passaram desse ponto, chegaram ao ponto em que o brilho dos olhos e a malícia do sorriso seriam apenas decoração para os pensamentos e sentimentos que viajam de corpo a corpo, de mente a mente, de coração a coração.

Como eles estão em um restaurante tailandês, a comida chega rápido.

Infinite Darlene tenta comer como uma dama. Não como garota, não como mulher; como uma dama. Tem algo de desafio, algo de precisão nisso. É como fazer homenagem a uma civilidade que perdeu lugar no mundo ao redor dela.

Ele a observa, mas não de maneira crítica. Ele a observa, mas não de forma intrusiva. Há encontros em que tudo que a outra pessoa quer é apagar sua história e inserir você na dela. Esse não é um encontro assim.

Infinite Darlene também observa, também sem crítica, também de um modo mais amplo.

Quando você existe como criação própria, ou seja, quando você se dedicou tanto a criar a si mesmo, às vezes é difícil deixar que as outras pessoas cheguem perto o bastante para ver as costuras, as falhas, as partes de você que ainda não estão prontas. Infinite Darlene se sente assim. Ela ainda não vivenciou o outro lado, a certeza de que, ao não deixar as outras pessoas chegarem perto demais, você também deixa de ver as imperfeições delas, as costuras delas, o trabalho artístico de criação delas.

Eles são dois adolescentes sentados em uma mesa central em um restaurante tailandês acima da média, tentando navegar entre as próprias criações para construir uma coisa que possa conter os dois. Cory está brincando e rindo e executando algumas das músicas de seu pensamento, mas também está nervoso, tão nervoso que parece que sente cada glóbulo vermelho se deslocando pelo corpo, demonstrando o corpo sempre agitado e nunca firme que tem. Infinite Darlene sente gosto de amendoim, de limão, de uma combinação de coisas que você jamais pensaria em combinar se não fossem ingredientes, e está com medo de talvez ser alta demais, de não ser engraçada o bastante ou de estar com um amendoim preso no dente.

Será que é possível, reflete ela, ter um garoto bonito na sua frente sem pensar *Você é bonito demais para mim?*

Será que é possível, reflete ele, estar enchendo o ar com tantas palavras e sentir que não conseguiu acertar uma única que se encaixe no que se quer dizer?

Parece que a timidez é o motivo para o cupido precisar de flechas.

Cory é tímido demais para contar a Infinite Darlene sobre o momento em que decidiu convidá-la para sair. Ela havia acabado de receber a bola e estava avaliando o campo para decidir para onde jogar. Os *linebackers* estavam seguindo na direção dela. Tinha dois segundos, talvez só um. Mas não deixou que isso a atrapalhasse. Ela olhou por todo o campo com uma concentração tão serena, e, quando encontrou o que queria, um recebedor livre, a uns 20 metros de distância, um sorriso sagaz surgiu no rosto dela. Cory estava no meio de uma rima, mas simplesmente parou. A sílaba ficou presa na garganta, e ele a viu sorrir e lançar a bola com tranquilidade. Enquanto a bola voava no ar, mesmo com os *linebackers* bloqueando a visão, ele continuou olhando. Queria conhecê-la. Queria saber tudo sobre ela.

Infinite Darlene é tímida demais para dizer para ele que, apesar de ter muitos, muitos amigos, não teve muitos, muitos encontros. É tímida demais para admitir que, apesar de haver muitos momentos em que isso não a incomoda, há alguns em que incomoda sim. Os amigos sempre dizem que não entendem, mas, bem no fundo, ela acha que entende perfeitamente. Fez suas escolhas para poder sobreviver, e realmente sobreviveu, floresceu, até. Mas ao criar a pessoa que queria ser, ela se pergunta se deixou de criar a pessoa por quem alguém se apaixonaria. Ela sabe que é possível. Sabe mesmo. Mas também sabe que não é certo.

— Como está sua comida? — pergunta Cory.

— Boa. E a sua?

— Muito boa. Muito cheia de alfavaca.

— Alfavaquesca.

— Alfavaquenta.

— Alfavatástica.

— Alfavacrível.

— Alfavatosa.

— Alfaváquica. Minha comida está bastante alfaváquica.

Infinite Darlene pega macarrão com os palitinhos.

— Fico feliz de termos decidido isso.

Cory faz uma pausa. O cupido mira a flecha. Dispara. Agora, está nas mãos de Cory perceber que a flecha não foi feita para ficar ali à toa. Foi feita para ser usada na conversa.

— Posso fazer outra pergunta adjetival? — pergunta ele.

— Perguntas adjetivais são as minhas favoritas! — responde Infinite Darlene.

— É pessoal.

Infinite Darlene sorri.

— Acho que sei o que vem agora.

— As pessoas perguntam o tempo todo?

E o engraçado é que não, elas não perguntam o tempo todo

— Por que "infinita"? — pergunta Infinite Darlene.

Cory concorda.

— Porque — explica ela —, em determinado ponto da vida, eu me dei conta de que estava vivendo uma vida muito finita, e não queria mais isso. Sei que a finitude é inevitável, pois todos nós morremos, nenhum de nós pode andar até a lua, e assim por diante. Mas ainda quero viver minha vida infinitamente. Quero viver como se qualquer coisa fosse possível. Porque é tedioso demais, incolor demais viver finitamente. Sei que não vou viver para sempre, mas quero poder seguir em qualquer direção que me pareça certa.

Talvez as flechas do Cupido não sejam flechas. Talvez, nas mãos certas, sejam chaves. Porque, ao responder a pergunta, Infinite Darlene percebe que estava agindo finitamente. Que deixou a insegurança encobrir sua vontade. Que deixou a hesitação falar tempo demais em sua cabeça.

— Por exemplo — diz ela —, uma pessoa finita ficaria sentada aqui conversando educadamente sobre as qualidades da comida tailandesa em comparação com, digamos, a vietnamita. Uma pessoa finita tentaria disfarçar o quanto gosta de você, Cory, porque não desafiaria a dúvida que tem de si mesma, o que pode ser consideravelmente limitante em ocasiões como esta. Uma pessoa finita não esticaria a mão para segurar a sua. Mas veja o que vou fazer.

Ele estava segurando o copo de água para levar aos lábios. Mas o coloca de volta sobre a mesa. Solta o copo. A mão está lá quando ela estica a dela para segurá-la.

— Você também é infinito — diz Infinite Darlene. — Consigo perceber.

A chave do cupido está na palma da mão dela, e ela está entregando para ele.

— Sou mesmo — diz ele. — Sou totalmente infinito.

Nesse momento, alguma coisa muda em Infinite Darlene. Pela primeira vez, é uma coisa que ela não controla. Na vida dela, sempre houve duas forças concorrentes. Os amigos são os bastiões do *sim*, que dizem a ela que ela merece, que é maravilhosa, mesmo quando pessoas da família, da comunidade ou estranhos tentam aprisioná-la com o *não*, tentam restringi-la, tentam derrubá-la. É uma luta constante, um cabo de guerra constante.

E agora, ela encontrou o elemento que rompe a corda.

Alguma coisa também muda em Cory. Porque ele nunca pensou em si mesmo como sendo infinito. E agora, pergunta-se se é possível.

Ele fica agradecido pela ideia.

Quando um primeiro encontro dá certo, é assim:
Você sente a emoção de abrir a primeira página de um livro.
E sabe, instintivamente, que vai ser um livro bem longo.

Assim como Cory e Infinite Darlene não repararam nos olhares que receberam quando estavam se sentando, também não reparam no casal sentado no canto. Os dois estão na casa dos 60 anos, e é o marido que está de frente para eles que repara no que está acontecendo. Ele gesticula para o marido que está de costas, que se vira e olha. Quando volta para a posição anterior, os dois maridos sorriem um para o outro por um momento. Eles sabem exatamente como é aquilo. Estão no último capítulo de um livro muito parecido.

— Comida tailandesa é uma coisa divina — proclama Infinite Darlene —, mas restaurantes tailandeses deixam a desejar quando o assunto é sobremesa, não é?

Cory, sem vontade de comer sorvete sem-graça, tem que concordar.

— Para onde vamos então? — pergunta ele.
— Para onde não vamos? — responde ela.

Há tantos lugares a considerar. Eles poderiam parar no Videorama do Spiff e ver sobre qual filme mais concordam. Poderiam ir ver o show de Zeke, amigo de Infinite Darlene, em um café ali perto, onde todos os cappuccinos vêm com um coração em cima. Poderiam seguir para o novo Boliche e Meia para deslizar sem sapatos pelo piso encerado, ligando mais para a diversão do que para a pontuação. Poderiam tomar milk-shakes jogando pinball na lanchonete ali perto, ou caminhar pelo cemitério e procurar histórias ali. Poderiam ir até Rumson e visitar o campo de futebol americano, deitar na arquibancada vazia e procurar constelações no céu.

Mas esses são lugares aonde eles já foram. São lugares onde os amigos deles podem estar. São caminhos percorridos, iluminados.

Nenhum dos dois quer isso. Vai chegar um momento em que eles vão introduzir os amigos na história deles, mas não agora, ainda não.

Eles entram no carro de Cory e saem por aí.

Infinite Darlene tem uma ideia. Uma ideia um tanto louca.

Ela conta para Cory. Ele sorri. Ele diz que é uma ideia louca. Mas que isso não vai atrapalhar.

É um lugar aonde nenhum dos dois foi.

Eles demoram uma hora para chegar à cidade, e vão demorar mais meia hora para passar por Manhattan.

Eles estão falando sem parar: fazendo fofocas, contando piadas, contando histórias. Enquanto esperam para entrar no

Túnel Lincoln, Infinite Darlene conta a Cory o quanto sempre amou a vista.

— Ver a cidade assim — diz ela, indicando o tráfego, na direção das luzes intensas — sempre tira meu fôlego. Mas, desde que me tornei Infinite Darlene, tem um elemento a mais. Antes, o impressionante sempre foi o tamanho, a grandiosidade. Eu sempre amei coisas brilhantes, e Nova York era a mais brilhante de todas. Mas, depois que me tornei Infinite Darlene... bem, passou a ser algo mais que isso. Sei que pode parecer bobo, mas começou a parecer que eu não só estava indo para a cidade grande e brilhante, mas também para o futuro. Adoro a minha cidadezinha, mas sou muito maior que ela. A cidade grande é meu futuro. E, veja, aqui está ela.

Cory nunca sentiu confiança no próprio futuro e diz isso para ela. Mas também diz que não importa.

— Às vezes, o motorista quer curtir o caminho — diz ele.

Ele também gosta de coisas brilhantes. Como graça. E confiança. Elas oferecem um raio de luz próprio, normalmente na forma de uma pessoa que você começa a amar.

É muito fácil encontrar a Ponte do Brooklyn, mas não tão fácil encontrar estacionamento perto da Ponte do Brooklyn. Mas Cory acaba se espremendo com perícia em uma vaga a duas quadras do rio, praticamente em Chinatown.

— Vamos! — diz Infinite Darlene.

Ela segura a mão dele e o puxa. Eles são um tremendo casal, a *quarterback* e o líder de torcida, mas ninguém em Nova York parece perceber. Alguns dos comerciantes de Chinatown apertam os olhos quando Infinite Darlene passa deslizando, mas parece só mais uma parte da noite, só mais uma parte da metrópole.

Quando eles se aproximam da pista de pedestres, Infinite Darlene confessa:

— Tenho curiosidade quanto a isso desde que era garotinha.

Cory imagina-a, realmente imagina-a como uma garotinha, talvez na cidade para ver o desfile de Páscoa. Ele a vê de vestido e chapeuzinho. E, apesar de saber que não foi assim de verdade, ele acompanha a construção de Infinite Darlene do passado, no mínimo porque é tão sincera e tão convincente.

Ele não conta para Infinite Darlene que tem medo de altura. Mas, quando chegam à ponte, quando estão sobre o rio, com todo o trânsito passando, seus passos ficam um pouco menos seguros. Ele não estava esperando tanto vento, e nem ela. O cabelo de Darlene voa para todos os lados... mas ela gosta da sensação. Gosta quando o mundo parece relaxar um pouco, quando se move com uma certa entrega.

Cory se sente meio tonto. O trânsito não está ajudando. Ele sabe que a ponte está de pé há cem anos. Mas não consegue evitar pensar se vai ser esta noite que vai finalmente ceder, dizer que está cansada de fazer isso na vida.

Ela vê. Ele está fazendo cara de coragem, mas caras de coragem são as mais fáceis para uma estudante da natureza humana perceber.

— Ah, querido — diz ela. Mas corrige: — Meu pobre querido. O que fiz com você?

Mas ele não para. Ele segura a mão dela e segue em frente. Eles chegam ao meio.

A teia de cabos suspensos se ergue de cada lado deles, seguindo na direção das torres que parecem tão velhas e imortais quanto qualquer coisa que a cidade tenha a oferecer. Faróis e lanternas passam embaixo. O rio ondula no escuro, e a lua espia por trás de uma nuvem.

— Não era aqui que achei que a noite nos traria — diz Cory para Infinite Darlene.

Ela sorri.

— Nem eu, meu querido. Nem eu.

Ela está segurando uma das mãos dele. Cory segura a outra mão. Eles formam um círculo.

Ele puxa os braços dela e levanta o rosto. Ela percebe o que está acontecendo e se inclina lentamente, para que seus lábios cheguem aos dele.

Não é o primeiro beijo de Infinite Darlene, mas é o primeiro que conta. Tudo antes pareceu uma mera tentativa. Este beijo é criação própria.

Ela fecha os olhos, mas não se afasta em pensamento. Na verdade, não se afasta nem um pouco. E nem ele.

Carros passam. Dezenas, centenas de pessoas passam. A lua muda ligeiramente de posição. Pontinhos de luzes se refletem na água.

Ela abre os olhos e olha nos dele.

— Somos as duas únicas pessoas no mundo — diz ela.

— Somos as duas únicas pessoas no mundo — concorda ele.

Acaba sendo um livro bem grande.

Este livro foi composto na tipologia Minion Pro Regular,
em corpo 11/14,8, e impresso em papel offwhite
no Sistema Cameron da Divisão Gráfica
da Distribuidora Record.